U0610238

羊角的方向是山峰

王 族 著

中国旅游出版社

策　　划：胥波　商震　朱零
责任编辑：王佳慧　胡一鸣
责任印制：冯冬青
封面设计：主语设计
手　　绘：车晓娟

图书在版编目（CIP）数据

　羊角的方向是山峰 / 王族著 .— 北京：中国旅游
出版社，2022.6
　（"芒鞋"丛书）
　ISBN 978-7-5032-6955-4

　Ⅰ．①羊…　Ⅱ．①王…　Ⅲ．①散文集 – 中国 – 当代
Ⅳ．① I267

中国版本图书馆 CIP 数据核字（2022）第 078745 号

书　　名：羊角的方向是山峰

作　　者：王　族　著
出版发行：中国旅游出版社
　　　　　（北京静安东里 6 号　邮编：100028）
　　　　　http://www.cttp.net.cn　E-mail: cttp@mct.gov.cn
　　　　　营销中心电话：010-57377108、010-57377109
　　　　　读者服务部电话：010-57377151
排　　版：北京中文天地文化艺术有限公司
印　　刷：北京金吉士印刷有限责任公司
版　　次：2022 年 6 月第 1 版　2022 年 6 月第 1 次印刷
开　　本：889 毫米 ×1194 毫米　1/32
印　　张：8.25
字　　数：131 千
定　　价：49.80 元
I S B N　978-7-5032-6955-4

竹杖芒鞋轻胜马

（出版说明）

中国文人历来有为祖国名山大川著书立传的传统，越是民安物阜的年代，这样的考据与撰写就越繁荣。如今正是休明之年，作为国家级文化和旅游专业出版社，策划出版一套由中国当代著名作家执笔的地理散文丛书，可以说是为时代著述，为祖国立传，具有重要的社会价值。

近年来活跃在中国文坛上的许多中青年作家、诗人写的随笔和散文，率性鲜活，风姿绰约，读来让人心向往之，字里行间最能看出他们的真性情，那些最前沿的刊物都愿意刊发这些作家诗人们写的随笔，因为作品里有人文，有地理，有故事，有情感，有心跳，所以显得有趣，读起来让人更有身临其境之感。这些作家是文学领域的流量担当，当他们把目光投向山川草木，用脚步丈量天地人间，用笔墨透视历史人文，便带来了文旅结合的崭新文风和重磅之作。

这套系列的主旨是将大地与生命结合起来,作家需要行走并实地考察,必须经过详细的田野调查,对山川、草木、河流、人文、历史等都有详尽的考证和触摸,为名山立传、为大江大河立传、为历史名城立传、为世界自然遗产立传。

其中最关键的一点是:当置身于一个广阔的历史空间和博大的地理环境中,作家把自己放在哪个位置?作家跟大地和历史如何碰撞出火花?作家以其广博的人文沉淀、敏锐的世事观察、犀利的批判思辨,赋予了这套系列特有的广度和深度。

2020 年和 2021 年本系列已出版的六部作品,分别是商震的《蜀道青泥》和《古道阴平》、鲍尔吉·原野的《大地雅歌》、朱零的《从澜沧江到湄公河》、路也的《未了之青》、荣荣的《醉里吴音》,基本构建起了本系列对大地、历史、人文的视域框架。

2022 年的两部作品分别是,李元胜的《寻花问虫——西南山地博物之旅》、王族的《羊角的方向是山峰》。

2000 年开始,诗人李元胜开启了他以自然物种为重点的独立田野考察生涯,他以诗心体察自然,足迹遍及全国。《寻花问虫》是他的西南山地博物日志。在他徒步过程中,那一个个尽精微而致广大的天人合一瞬间,让我们感受到了造物神奇的天地力量。作者专业而深入浅出的博物讲解、舒朗而不失幽默的行文风格,让整部书读起来丰满、轻松、有趣。大自然的生物多样性、作者细腻炽热的内心,赋予了这部书稿无数闪亮场景。

这是一本高品位的博物行走读物，徒步爱好者、博物爱好者、风物寻访者都可以尽情徜徉其中；这也是一本高质量的家庭共赏读本，不仅知识性丰富，而且对于青少年世界观、价值观的培养可以起到潜移默化的积极作用。

王族在新疆生活、工作多年，他在《羊角的方向是山峰》里记录了帕米尔、昆仑山、阿尔泰山、天山四座山和山脉下发生的传奇故事，用充满感情的语言，真实而生动地再现了自己在新疆的旅程和见闻。他秉承的是一种"细节写作"的原则，将四座巍峨的巨山，化作轻盈的细节。轻盈却不轻浮，而透出一种神圣。扑面而来的异域风貌、人文风情，以及广袤天地中的那种神奇力量，都在字里行间缓缓流淌。牛羊、牧场、雪山、蓝天，还有天地般质朴的哈萨克族牧民，让四座山各具特色，又都各生温度。

"竹杖芒鞋轻胜马，谁怕？一蓑烟雨任平生。"东坡先生的这句诗给了我们关于这套当代著名作家散文丛书最贴切的意象——既有仗剑天涯的文人豪气，又以"芒鞋"的形象带我们走进人间万象。希望以这套丛书的出版为契机，陆续推出更多文化行走类图书，让"知"与"行"，"史"与"今"，通过作家细腻的笔触生发出更广阔和瑰丽的天地。

"芒鞋"丛书编辑部

2022 年 5 月 26 日

帕米尔

在帕米尔，慕士塔格峰耸立在卡拉库里湖一侧。塔合曼乡的塔吉克族女孩阿孜古，每天早晨推开小屋房门，第一眼看见的就是被称为"冰山之父"的慕士塔格。阿孜古有一个习惯，她每天仰头看一眼慕士塔格，然后又看慕士塔格倒映在卡拉库里湖中的影子。那倒影随水波漾动，让她为之心动。

远处的乔戈里和公格尔两座山峰耸立于云雾之中，只隐隐显露出轮廓。它们遥不可及，每一个到帕米尔的人都像阿孜古一样，只能看到它们的轮廓。

在新疆人的习惯中，说上帕米尔，实际上说的就是去塔什库尔干。人们从喀什出发，一路经过盖孜、布伦口、苏巴什、塔合曼和提孜那甫，就到了慕士塔格峰下。如果从飞机上俯瞰，可看见这些山峰高低起伏，犹如帕米尔高原凸起的骨节。天山、喀喇昆仑山、兴都库什山等都从帕米尔发源，然后踏上远去的路途。

瓦罕走廊处于帕米尔南端和兴都库什山脉北段的一个山谷。是今日唯一存留的丝绸之路古道。瓦罕走廊是丝绸之路的重要出口，也是华夏文明与印度文明交流的重要通道。丝绸之路南道和北道，经罗布泊和吐鲁番盆地延伸后，在葱岭（帕米尔）会合，无数商贾、驼队、僧侣、探险家和使者，经瓦罕走廊走向亚欧。玄奘、高仙芝、法显、鸠摩罗什等都从这里经过，去追求他们的理想。

如今，瓦罕走廊鲜有人至，但是丝绸之路对人们来说，却是熟悉的字眼。塔合曼乡的人们每天仰望慕士塔格峰，过着快乐幸福的生活。

昆仑山

新疆有"三山夹两盆"的说法，有人拆字解意，说"疆"字右半部的三个"一"代表三座山，两个"田"代表两个盆地，是三山夹两盆的最好例证。

有外省的朋友从南疆的喀什出发，向和田行进，一路啧啧称赞，一天几百公里，才从一个县到另一个县，在那几百公里路程上除了沙漠就是沙漠，除了雪山就是雪山。他们走到叶城一带，就到了昆仑山。

昆仑山是生命禁区，驻守昆仑山的边防军人曾写过一首打油诗：天上无飞鸟，地上不长草，风吹石头跑，四季穿棉袄。由此可见，昆仑山不适宜人类居住。

从新疆的叶城县起源的新藏公路，从零公里开始，经过无数达坂、雪山、荒野、河流和湖泊，最后到达阿里首府狮泉河。新藏公路是四条进藏公路中最难走的一条，缺氧和高山反应一路伴随，甚至经常出现生命危险。但是那些去神山冈仁波齐朝圣的人，一步一拜，五体投地，再大的风雪，再高的雪山，都阻止不了他们前行的脚步。

昆仑山是一座雄性的山。人们走近它，望着向天际延伸而去的褐色山峰，会陷入无可适从的惶恐。它像是突然从地上一跃而起，还没有等你反应过来，就已经悬在了天上。

阿尔泰山

那仁牧场的哈萨克族牧民卡哈尔说，阿尔泰山是他见过的最美的山，随便选一座山峰，都可以看见三层颜色——最上面的积雪，是白色；中间的山岩，是褐色；最底下的树林，是绿色。卡哈尔看了阿尔泰山几十年，用朴素话语说出了其神韵。

夏天，阿尔泰山脉仍有积雪，哈萨克族牧民骑马在山下的牧场上穿行，双眼中满含对阿尔泰山的迷恋之情。这些至今仍沿袭着游牧生活方式的少数民族，每走过一地，都目光沉迷，脚步稳健。正如那句哈萨克族谚语所说："每天望一眼高处的山，心会变得像山一样高。"

阿尔泰山横穿亚欧，它中间段的友谊峰，四季积雪，一派银装素裹，至今鲜有人迹。

阿尔泰山像一根链条，丝绸之路、阿尔泰山草原、额尔齐斯河、准噶尔盆地，都一一被这根链条连接，延续着草原文明。阿尔泰山的卡增达坂，是成吉思汗当年屯兵休养的地方。他从这里出发，苏鲁锭（长矛）直指欧亚，世界由此惊呼：上帝之鞭出现了！

生活在白哈巴、禾木等地的蒙古族图瓦人，喜欢吹苏尔，在冬天则滑雪。联合国教科文组织经调查，认定人类滑雪的起源地也在此处。至今在阿尔泰山的积雪山坡，仍常见滑雪者矫健飞舞。白哈巴和禾木长年散发松木的清香，白桦树更是如水墨画一样典雅。有此大美风景，人们便把这两个地方称为"神的后花园"和"神的自留地"。

额尔齐斯河从阿尔泰山流向北冰洋，它气势恢宏，百折不挠。有一首歌唱道："马头的金色力量，羊头的棕色力量，渗透了你的脊梁。"是对额尔齐斯河最好的吟诵。

天　山

在新疆哈密的星星峡，有一个人十余年来一直守着一个小站，他看着自东呼啸而来的火车，会喃喃自语说，火车进了天山。张天龙说的"天山"，其实是天山的东起点。小站附近有一条由天山雪水汇成的小河，张天龙每天饮用，其生活与天山密不可分。

有人将天山誉为"悬挂在亚欧大陆腹地上的水塔"，可谓一言道出其关键所在。天山山脉的冰山、湖泊和河流汇集而成的水流，源源不断为亚欧大陆腹地注入水资源。天山"水塔"使丝绸之路贯通，东西方文明在其沿途交汇，游牧民族逐水草而居，随季节迁徙。沿途的高地、沙漠、草原、湿地、绿洲、城市和村庄，其存活和发展都有赖于天山"水塔"的滋养。

天山是一个大山系，站在星星峡，可看见天山南边是支脉巴里坤山，该山古称白山、雪山和蒲类山。北边是天山主脉莫钦乌拉山。两座山的积雪融化后流下山，巴里坤草原便一片碧绿，农业和牧业都得到天山雪水的滋养。巴里坤的一位牧民说，天山为巴里坤开了一个水口子。他的话虽然朴素，但准确阐述了天山"水塔"概念。

由哈密星星峡向西，经吐鲁番、乌鲁木齐、昌吉，到伊犁，这一路可看见天山缓慢的延伸。这也是天山"水塔"在新疆境内发挥作用最明显的地方。在这条路上，天山隐在云天之中，只有在伊犁，天山突然像是被拉近，清晰呈现在眼前。果子沟、唐布拉、喀拉峻和昭苏，都近在眼前。

天山以低缓的速度延伸到昭苏，就进入哈萨克斯坦，然后经过吉尔吉斯斯坦，最后在乌兹别克斯坦终止。

天山，悬在天上蜿蜒了 2500 多公里。

目 录
CONTENTS

帕米尔：冰山之父

他们一家再次找到一条河时，家里人都有些犹豫，但他父亲却执意要紧靠河流而居。不久，一座黄泥小屋又建了起来，他们往墙上洒面粉，用塔吉克族人的方式祈求平安，然后在那里住了下来。

——《"搬家"的河流》

一个人和羊

神说，在新疆一定要爱羊。其实，这是我替神说的，我觉得神应该对新疆的羊说这样一句话。羊离人很近，但羊的内心在想什么，羊眼里的人是怎样的，也许只有神知道答案。

在新疆生活多年，接触和听说的有关羊的故事数不胜数，但印象最深的还是吐尔逊的那只羊。1993 年 8 月，我第一次踏上帕米尔高原，高山反应让我昏昏晕晕，下山翻越达坂时，突然看到达坂半腰有几条明净的线条，那是被羊长期走动踩出的路，像一条条丝带。羊一天天在达坂上走动，时间长了，便走出了一条路，羊真伟大。

后来，我知道放牧那群羊的人叫吐尔逊，他住在一个小山洼里，养了两千多只羊。我问他一头羊值多少钱，他略带自豪地说，二百。我一算，很是吃惊，这个穿陈旧衣服、家住深山、靠烧马粪取暖的人，拥有四十多万元。在 1993 年，这不是一笔小数目。

我问他这么多羊怎么来的，他嘿嘿一笑说："大羊嘛下小羊，小羊长大了嘛再下小羊，小羊再长大嘛再下小羊，就是这个样子，快得很！"呵，如此发财之道，会让想发财却摸不着门道的人悲哀！我不敢小看他，但他似乎对我不感兴趣，扔下欲言又止的我，唱着歌赶着羊走了。他与羊混在一起，变得也像一只羊，让人难以分辨。

一年多后，朋友约了吐尔逊，叫我去他家做客。刚一进门，吐尔逊说他为我们准备了大块手抓羊肉。在新疆吃大块手抓羊肉总是让人兴奋，我们激动起来，在四周寻找煮肉的大锅，但是什么也没有。"大块羊肉在哪儿，开始煮了吗？"有人迫不及待地问。

"在那个地方——"吐尔逊抬手向院子里指了一下，我们向院子里望去，一棵树上拴着一头羊，浑身肥嘟嘟的，是一只不错的羊。刚才进门时，我无意间看到了这只羊，它的样子没引起我对它的关注。我知道，在维吾尔族老乡家做客，更吸引人的是别具民族特色的食品和独特的待客方式，还有热情而又美丽的少女，至于一只羊是如何被宰杀的，几乎无人问津。看来，今天这只羊将结束它可怜的生命。它睁着一双纯洁的眼睛，打量着我们这些来登门做客的人。我在心里说，羊啊，你不知道，我们可是来吃你的，上天注定你长得越好，便越会被人吃掉，多少年了，人吃羊历来都心安理得，而要是让羊吃人，那就会乱套，万万使不得。这是造物主界定的生命关系，谁也不能改变。

　　大家一致提出要亲手宰羊。吐尔逊笑了笑："那就看你们的。"三个小伙子挽起袖子，举着刀向羊走过去。羊扬起头咩咩叫了两声，洪亮而又坦然，像是对他们三人不屑一顾。他们没有搭理羊的叫声，同时向羊扑去。但是，杀羊不是那么简单，羊与他们展开了较量。说是较量，但暴露杀性的是他们，羊被一条粗硬的大绳绑着，没有多少施展本领的余地，它只是灵巧地躲避着他们，他们一个个全扑空，有一个人居然一下子栽倒在地。另外两人在扑向羊时有些怯畏，怕它尖利的角刺进自己的身子。几个回合下来，他们徒劳地退开。

　　吐尔逊笑了笑："大块羊肉嘛，不容易吃！"他走到羊跟前，伸出手抚摸羊的头，喉咙里发出一种奇异的声音。羊乖顺地向吐尔逊靠过来，闭上了眼睛。吐尔逊轻吟慢唱出一种古老的曲调，歌声中好像有掠过高原的白云，草原上悠闲吃草的羊群，或者是从深山汩汩流出的雪水，美丽的少女们正在掬水洗着头发……羊有了沉醉的样子。吐尔逊继续哼出对羊颇具吸引力的声音，羊缓缓卧倒，吐尔逊的刀轻轻刺进去，羊没有挣扎，连颤动也没有，如注的血喷出来，洒在吐尔逊脚下。

　　我们惊呆了！顷刻间，那头充满灵性的羊和吐尔逊彻底震撼了我们。那一刻，眼前是幻象一样的世界：神秘、宁静、从容而又安详……坐在吐尔逊家吃手抓肉时，我透过小窗户，看见帕米尔的雪峰正在闪闪发光。

颤动的寂寥

冬季的帕米尔高原很冷清，像昏睡的老人一样一动不动，周围的一切也似乎丧失了生机——山峰孤独地裸露在紫外线的照射中，一天又一天，一年又一年，变得像淤结的血块；满山的石头散散乱乱，大的、小的、圆的、畸形的、裂缝的，都一一沉睡在天空下，似乎永远都不会再现生机……

雪花在这时充当着时间的碎片，一层层落入山谷。弥漫的风跟着落雪转乱，等到觉得无聊时，便恼怒地在山口掠起一些细雪乱舞。有时候，那些被旋风掠起的细雪会落入塔吉克族牧羊人的衣领内，牧羊人却不理会。有人说，塔吉克族人是太阳的后代。他们即使在严冬也是火的化身，那些雪顷刻间便会被暖化。

中午，山路上走来几匹驮水的马，有人嘲笑说那是几头矮驴或羊，马在高原应该奔驰，一旦驮水就会让脊梁和灵魂一起下降。马走得很慢，像是忍受着耻辱，对四周显示出一副漠不关心的表情。雪仍在落着。雪为什么会持之以恒地落到高原上，寥廓的高原会在乎这些小精灵吗？它任一场又一场雪落下，似乎都无动于衷。也许，高原的身体是石头做的，即使冬天的冰清玉洁，都不能装点它干瘪的骨骼和身架，它无知无觉地袒露着，挨着这个凄冷的季节。

后来的雪下得稀疏了一些，风不再粗鲁地乱撞乱碰。有东西开始在雪地里动了。生命是善于动的，哪怕是不可预知的探寻，或者已不知不觉临近了灾难，也仍然会向前移动。

是几只旱獭。

领头的一只蹿上一块石头，朝四下里细细观察一番，确定没有异常后，反身对伙伴支支吾吾地唤了几声。于是从石缝、草丛还有积雪中倏然间涌出三五成群的旱獭，像变魔术似的。它们亲热地聚在一起，头碰头，互相打闹嬉戏。不一会儿，山坡上便满是旱獭，它们对石头和雪不屑一顾，小爪的足迹清晰地印在雪地上，如果有雪沾在身上，便甩开四只小蹄狂奔，似乎不把雪抖掉便誓不罢休……太阳已经升到中天，阳光垂直照射下来，因为有了这些活泼的小家伙，高原显得祥和而又温馨。

旱獭着实是可爱的。而接近它们的是怎样的一些人？比如，1994 年 10 月 13 日，踏上帕米尔高原的一群人是复杂的，他们分别来自北京、新疆、安徽、河南，操着不同的口音，东张西望，急不可待。看到可爱的旱獭，其中一个人提议弄几条回去，另外几个人用不同的口音说出相同的两个字——可以。他们从车上拿出食品，散布在沙梁上，然后脱掉衣服，在衣角缚上登山绳，拉开另一端，坐在车里耐心等候。

　　食品的香味被风刮开，很快被旱獭闻到。它们扭过头朝这边努力地嗅着，确实很香。它们高兴了，欢快腾跃，起起落落，向这边靠近。待走得近了，它们发现了趴在路上的几个铁家伙（汽车），有黑的，有白的，闪闪发光。它们似乎有了不祥的预感，于是将身子隐藏在石头后面，然后慢慢探出头张望。它们很快发现那几个铁家伙趴在路上一动不动，所以不必害怕。但是它们还是很谨慎，几个头目似的旱獭在一块儿碰头，商议必须打探清楚后才可动身，于是便选出一名肥壮的"敢死队员"，让它向那些铁家伙靠近。"敢死队员"领受了命令，猫着腰爬到汽车跟前细细观察一番，然后飞速返回向首领报告，那几个铁家伙就是死的，因为平时见的都是在路上跑上跑下，而这几个纹丝不动，可以不理它们。

　　它们开始欢呼，从石头后面纷纷跳了出来。扑鼻的香味又弥漫过来，于是它们上当了，一只，两只，三只……迅速扑向食物。车中的人盯得很稳，等它们吞食食物忘乎所以时，用力一拉绳子，衣服便如大网般降罩下来，它们被蒙在了里面。意识到灾难降临时，它们一定非常后悔，在黑暗中乱撞乱碰，但那软绵绵的什物怎么也冲不破，几番努力后，它们害怕了，缩着身子恐惧地发抖。

　　那些人飞蹿上前，捂住衣服，伸进手去捉住了旱獭。他们高兴极了，举起一只只乱蹬四爪的旱獭，俨然获得了宝贝。然而没等他们高兴一阵儿，顷刻间的变化让他们惊骇不已——不知怎么的，旱獭们在短短时间内将身骨缩小，从他们手中脱出掉到了地上，再瞬间还原，一跃而起飞奔向山谷深处。他们被惊吓得发愣，半天才缓过神来。他们很沮丧，那双刚刚还拥握着"成绩"的双手变得麻木，僵在半空好一阵子收不回来。

"走吧。"先前提议的那位有气无力地说了句话，他们从地上拾起衣服，无可奈何地回到车上，去了另一个地方。他们不能接受这样的事实，很明显，他们有一种被戏弄的感觉。

"旱獭太伟大了，简直是神话。"那天，我坐在另一面山坡上，目睹了这番酷似天方夜谭的情景。我为那几个人并没有被感动而觉得惋惜，他们目睹了神话却麻木地转过了身去。我扭过头，看见旱獭仍在雪地上嬉闹，而那几辆车已不知开往何处。

又开始落雪了，高原的那种懒散、麻木的老人神态又显露了出来。就在这种寂静和苍茫中，这块刚刚上演过神话的雪地又被淹没，而且因为天已黄昏，一切变得越来越模糊。如果不是我目睹，又怎会相信它是如此不珍惜自己，在这里爆发出火花后，又昏昏沉沉地睡去。

雪下得更大了，雪峰变成黑乎乎的一团。我不再四处张望，起身向石头城的方向走去。

天黑了。

我向小巷尽头望去，几乎就在一瞬间，一个奇迹又在我面前出现了——一位塔吉克族老人正在小巷里走动，还是七年前那个老人的姿态。

背影

七年前的一个夜晚，在帕米尔山脚的提孜那甫河边，我迷失了方向。我知道这条在我面前显得很小的河流，往下流淌二百多公里，就变成了一条名气很大的河——叶尔羌（古西域有一个王国也用此名）。如果我一直顺着这条小河走下去，一定能走到喀什噶尔，但那样的路途很长，我不敢选择。

月亮出来后，我还在徘徊——我不敢轻易迈动一步。这时，山坡上传来一阵响动，我看见一位塔吉克族中年汉子正在向山顶上攀去。他穿了一件长袷袢，把身体裹得严严实实。当我看清他的那顶羊毛帽子时，我差点叫出了声。长袷袢和羊毛帽子，塔吉克族男人长年累月如此装束，所以，我心里产生了一种依赖感。长袷袢和羊毛帽子，这就是我流浪在荒野里的方向，跟着它，便永远不会错。我从令人烦躁的城市中逃出来，这些事情总是让我高兴。

那一刻，我跟着他迈动了脚步。他的背影起起伏伏，我一开始爬坡，便跟紧他的背影。这样，脚下也轻松了许多。月亮已经升起，路越来越陡，但他越爬越高，背影渐渐显出一份沉重。我一声不响地跟在他后面，只需往前走，所有的戒备和恐慌都在这认定的方向和心的感动中暂且搁下。

到了山顶，他停住了。我用塔吉克语向他道了一声祝福（我仅会几句塔吉克语），然后与他一起站在山顶上。晚风徐徐吹来，额上一阵清凉，但仍感觉到一种浓烈的气息在弥漫。果然，他好像终于等到了特殊的时刻，在一堆石头前祈祷起来。我细看，他面前是一个麻扎（坟墓）。他祈祷了不长时间，像是突然被什么感动，放声哭泣起来。我在一旁默立，不知道如何安慰他，或者劝他止住哭泣。

他忏悔完毕，像孩子一样用手抹着脸，虽然夜色漆黑，但我知道他在抹脸上的泪水。少顷，他安静下来，把麻扎周围的杂物收拾干净，然后静静地望着远处的群山。虽然黑暗遮着他面部的表情，但我知道他从激动中平静了下来，呼吸也变得从容。

后半夜，他领我下山，有一个温暖的家在不远处等着我们俩。于我而言，在迷途中被引领是难得的幸福，我心存感念，而且身心轻松。

第二天，我又目睹了一位老人的背影。那天去干什么，至今已没有了印象，我只记得我在塔什库尔干县城的大街上随意走动，是一副外地人东张西望的样子。我看见那些用石头垒成墙的房子，突然有了兴趣，决定进去看看。那时的心境不平静，心里刚有想法，脚步便已经迈开。很快，我便从小巷的光线中感到了一种诱惑，那时正是中午，高原的阳光很明亮，而小巷内幽暗宁静，似乎正等待我缓步进去。

突然，黑乎乎的小巷尽头出现了一位塔吉克老人，背对我向小巷深处走去。巷内明暗有致的光线，在那一刻起到了更大的衬托作用，他被裹在里面，像是近在眼前，又好像遥不可及。我不知道他要去干什么，小巷里别无他人，在错落有致的明暗光线里，他一会儿进入光亮，一会儿又进入幽暗，不一会儿便走出小巷，进入一个有图案的小门。这时我才发现，那是一个塔吉克族人庄严肃穆的家。

七年时间过去了，我再次走在塔什库尔干的大街上，心陡然一惊，这些年世事繁杂，而帕米尔高原却一成不变，还是原来的样子。想起第一次上帕米尔时，听人们说塔什库尔干县的监狱自一九四九年后没有关过一个犯人，因为塔吉克族人不犯罪。而整座县城只有"一条街道，两个警察，三个饭馆"。那时候我是毛头小伙子，总是觉得有更大的世界在等着自己，对见到的东西，来不及细细消化就跑向别处。这么多年过去，直到再次目睹丝毫不曾发生变化的帕米尔高原，才发现自己疲惫而又两手空空，同时也经由帕米尔高原感觉到了永恒的意义。

一夜无眠，第二天一早几乎是下意识地就走到了这个小巷口。站在这儿，才明白自己是为了寻找什么而来。七年过去了，这个我曾注视过一个老人背影的小巷依然如故。我细心寻找七年前我注意过的那个绿色砖头，它还留在这儿。它在原地一动不动，是在等我吗？我向小巷尽头望去，几乎就在一瞬间，一个奇迹又在我面前出现了——一位塔吉克族老人正在小巷里走动，还是七年前那个老人的姿态。巷子里还是那种明明暗暗的光线，一瞬间，我又有了七年前的感觉。他的步子迈得很坚实，径直向我走来。走到我跟前时，他用深沉的目光盯着我，然后，向我点了一下头，我赶紧还礼。他很从容地做完这一切，又保持着那种姿态向前走去。

我被难以名状的眩晕感淹没。我不敢相信，仅仅就是七年前和七年后相同的几分钟，让一件事有了结局。如果说，七年前的那位塔吉克族老人留给我一个背影，一直向前走去，七年后，他与我终于面对面，似乎我们俩行走的路途都有了归结。在这七年里，我并没有设想过这件事会如何延伸，只是在心间保持着怀念，而七年后，就有了这样的结果，让我在内心感受到了这特殊境遇的神美。

我很庆幸有这样的境遇，在庆幸的同时，我在想，这七年来不论我的人生发生怎样的变化，我从没有产生过离开新疆的念头，是不是正因为这样，一个梦便一直持续了下来？

花儿为什么这样红

太阳慢慢升起，帕米尔高原一片宁静。一条小河在大草滩中舒展成一条白色丝带，有一户人家居住在这条白丝带的旁边。走过去，看见一位身材高挑的塔吉克少女正在河边提水，几头牛意欲涉水而过，她提起一桶水泼向它们的四蹄，沾在牛蹄子上的泥巴转瞬被冲洗掉了，她这才把它们赶过了河。河水依然那么清洁，仿佛是刚从雪峰上流下来似的。

河边有几片野草，开着红色的花。那是一种什么花，我至今没有打听到它们的名字。那位少女走过草地，阳光从花朵上反射过去，映红了她的脸庞。她走到小屋跟前，一只狗跑到她脚下，亲昵如同一股轻风。很快，她就和那股清风一起进入帐篷。第二天，我们去了她家，她有些害羞，不怎么与我们说话。由于离得近，看见她的眼眸又大又亮，恍若一潭泉水。

她家养了几匹马，我向她父亲提出骑马的请求，她父亲爽快地答应，但我没有想到，正是这次骑马让我尝到了做骑手的痛苦。之所以这样说，是因为那匹马骨架很瘦，但四条腿却很健壮，我骑上去后才知道它是善于迅疾奔跑的那种马。这个念头刚一出现，它便奔跑起来，四周的山峰和脚下的草地变得恍恍惚惚，我有了腾云驾雾般的感觉。正跑着，身后传来几声狗的吠叫，马匹主人的黑狗窜了上来。它的速度也很快，一会儿就超过了马。马当然不服气，它精瘦的骨架就是长期被坚韧锻造的，到了这种时候则更要奔跑，它嘶鸣几声，加快了向前奔跑的速度。

它们就这样展开了较量，而这种较量具体到狗和马身上，可以激发它们迸发出超常的力量，乃至于为这样的竞争而愤怒，用全身力量为之一搏。很快，我就感到马变得轻飘起来，它在加快速度，很快就超过了狗。突然，呼呼作响的风中传出狗的一声惨叫，马骤然而停。我从马背上滑落下来，看见马踩断了狗的一条腿，狗的舌头掉在外面，口水和脸上的汗水一起在往下流。那位塔吉克少女赶了过来，我赔着不是，眼睛望着那只狗，有些心酸。她哈哈一笑说："没什么，马还是输了，在它停住的那一刻，它还是落在了狗的后面。"

她这么一说，我反而更为迷惑，难道狗的身体惨痛还比不上一场较量吗？我呢，在马背上驰骋了一回，我是一个骑手吗？

至于那个姑娘，不久后，我从别人那里，听到了爱情之花在她身上绝艳开放了一回的故事。她家以前住在木吉，一年前搬到这里。木吉的旁边有一个边防连，战士们喊着"一二一"走着齐步，塔吉克老乡的房中飘来奶茶的香味，让战士们脸上有了一股甜蜜的神色。

那个战士姓张，姑且叫他小张。小张在木吉当了三年兵，与她相爱。三年时间里天天很甜蜜，也很短暂，转眼到了老兵复员的时候，小张与她难舍难分。大家被他们的爱情感动，一位军人与塔吉克族少女相爱，电影《冰山上的来客》中的爱情故事再次在帕米尔上演。电影中，阿米尔在最后终于找到了古兰丹姆，以欢喜告终，到了今天，大家要极力使再次发生的故事画上完美的句号。于是部队领导出面，经过与县、乡两级部门协商，决定让小张复员留在帕米尔，成全他们的爱情。按塔吉克的习俗，男方向女方求婚，务必要给女方送几十只羊，羊在塔吉克族人眼里是一种友好的象征。

小张却犯难了：一头羊按200元钱计算的话，几十只羊得一万多块钱，他没有那么多钱。爱情的力量足以克服一切困难，小张决定养羊，让爱情的希望就从羊群开始。然而不久发生了悲剧，小张外出牧羊时遇上一场暴风雪，那群羊一只不少地回来了，小张却长眠在一个山谷中，永远不能与心上人见面。

爱情的花朵永开不谢，而真正拥有者又有几人？羊叫声咩咩，冰山上的第二个来客变成一个悲剧。如果小张活到现在，那群羊已经到了那个数目。帕米尔不语，在另一个世界的小张，可知悲痛的姑娘有那么多泪水在为他流淌。

我为她感到伤心，但别人提醒我："她母亲也在两年前去世了，小张死后，她很坚强，在人面前不哭不悲，两年多就这样撑下来了。"这句话抑制了我的情绪，接下来，我在她家歇息下来，喝着她双手递过来的酸奶子，说一些让她高兴的话，慢慢从她的生活中看到了她内心的执着和坚强。中午过后，我远远地看见她把羊赶到山坡上，羊很长时间像石头似的一动不动。我背靠她家的咸碱土坯墙坐下，感觉有一股凉爽进入了体内。

不一会儿，她回来了。她家今天宰了羊，羊很肥，露出后腿上馋人的大块肉。她马上忙起来，在家门口生了一堆马粪火，不停地往里面添着柴火。几缕蓝烟升起，把她的身子裹在一种神秘之中。那堆火从中午一直烧到下午，不时腾起花朵似的火焰。傍晚来得很快，她的身影还在家里晃悠，我疑惑她为什么不去将羊赶回。她一笑说："天还没有黑透，等天黑透了，它们自然就撵着火回来了！"说过话不一会儿，她往门口的火堆中加了几根木柴，更高的火焰升腾起来，远处的山坡上响起羊群往回奔跑的密集蹄声。她说："天黑了，用火把羊引回来，这办法好用得很！"

火焰扑闪，升腾起好看的波纹。在高原的黑夜里燃烧的火焰，像灿烂绽开的花朵，把羊引领了回来。她的脸上露出笑容，双手拿起一把铁钳，从火中掏出一个铁盒。待她把铁盒盖打开，里面有一个大烤饼，饼中夹了皮芽子（洋葱）和羊油，在盖子揭开的一瞬，一股异香扑鼻而来。

盛宴马上就要开始了。

两个传说和一次亲身经历

远远地，几座山峰耸入云端。待云朵散开，山峰便换上另一副面孔，透出一股阴冷之气。在帕米尔看山，看雪，看天，看得时间久了难免两眼茫然，于是便低下头听人们讲述帕米尔的传说。那些天，我先后听到了两个有意思的帕米尔传说，其一是公主堡，其二是鹰笛。听了这两个传说，好像有风突然吹来，身心骤然变得愉悦。

传说中的塔吉克族公主堡在一座山岭上。据《大唐西域记》载，古代的波斯王派使臣到中国来求婚，当使臣带着一位汉族公主回国时，因中途逢战乱，随行人员皆被杀，使臣本人死里逃生，滞留于朅盘陀，而公主则藏于孤峰。现在我们在塔什库尔干县城看到的石头城，即公主的儿子在后来建造的王宫——朅盘国国都。这是一个因苦难而产生的国家。据说不久有神从太阳中来，与公主相会，公主竟怀孕了。使臣为这事吓得不敢回国，只好在朅盘陀定居。后来，公主生下一子，立为国王，他们为自己取族名为"塔吉克"，"塔吉克"一词为波斯语，意为"戴王冠者"。《大唐西域记》说："朅盘陀国周二千余里，国大都城基大石岭，背徙多河，周二十余里。山岭连属，川原隘狭，谷稼俭少，菽麦丰多。林树稀，花果少。原隰丘墟，城邑空旷。"至此，太阳的后代已在帕米尔扎下了根；而太阳神的后代们则"貌同中国，首饰云冠，身衣胡服。后嗣陵夷，见迫强国"。由此可见，朅盘陀国自古以来就是华夏版图的一部分。

另一个是鹰笛的传说。很多年前，塔吉克族人为了狩猎，户户养鹰。猎人娃发被祖父带着，跟着那只百岁的兀鹰打猎。他们是帕米尔有名的狩猎世家，每一年都捕获甚丰，然而因为受奴隶主的压迫，他们没过过一天好日子。一天，娃发的祖父打到一只羚羊，上交给奴隶主，吝啬的奴隶主为了独占那只羚羊，说娃发的祖父打死了属于他的羚羊，然后暴打了娃发的祖父一顿。老人因忍受不了恶气积郁成疾，不久就死了。娃发的父亲痛恨奴隶主，在打到一只野熊后，逃到了慕士塔格峰下的塔合曼。在那里，他用野熊换了一些牛羊得以生存下去。奴隶主很气愤娃发父亲的行为，马上派人把娃发的父亲抓来，用蘸满酥油的羊毛活活烧死了他。父亲死后，娃发唯一的伙伴就是那只百岁兀鹰。这只鹰眼睛异常明亮，百里外的鸟兽躲不开它的眼睛。据说它的尖喙和利爪能撕碎一只黑熊。所以，周围的猎手都把它叫作"兀鹰之王"。这个消息很快传到了奴隶主耳朵里，他下令让娃发把鹰王交出，否则就把他杀死。这时候，鹰王突然说："娃发啊，你把我杀了吧。我翅膀上最大的一根空心骨头可以做一支笛。有了它，在灾难降临的时候，你就可以应对过去。"娃发于心不忍，坚决不下手。鹰王的眼里流出了泪水。娃发无奈，只好将它杀死，用它翅膀上的那根空心骨头做成了一支笛。这就是塔吉克的第一支鹰笛。奴隶主很快就扑上门来要杀娃发，娃发掏出鹰笛一吹，像听到召唤似的兀鹰黑压压地来了一大片，直往奴隶主的头上扑去。奴隶主急忙向娃发求饶道："快把鹰叫住，你要啥我给啥！"娃发说："给达卜达尔的塔吉克族人每家十只羊、十头牛、十峰骆驼！"奴隶主连忙点头应是，娃发收起鹰笛，鹰群才飞走。奴隶主慑于鹰笛的厉害，不但如数交出家畜，而且从此再也不敢欺负人。

两个传说因灾难而发，以欢喜而终。

听传说，看你怎么听了，有时候听的是惊天动地的故事，这些故事大多发生得神奇，可以满足现实生活无法满足的需要，但有时候却能听出某些事物和人物深沉的一面，如人性特点，就是其根本所在。

很快，我有了一次颇为离奇的经历，目睹了传说中的雪鸡之战。那是在明铁盖，雪降数日，我和边防连的战士去河中提水，突然从雪地里传来几声尖利的狞叫。那声音响起得很突然，我们还未听清，便又听见几声夹杂着痛苦的呻吟。大家好奇，赶过去一看，是一只乌鸦和一只雪鸡正在争夺什么。雪鸡很小，显然不是乌鸦的对手，只能慌乱躲避。乌鸦似乎兴起，频频发起进攻。雪鸡退到巢边便无法再躲，忽然，雪鸡双翅收拢，脖颈伸得很直，似是要奋力一搏。乌鸦被这样的阵势吓得发愣，它收拢起扑打的双翅，立在那儿不动。

雪野上出现了难耐的寂静。我们悄悄观察，原来，乌鸦是要攻取雪鸡巢中的食物。雪鸡逐雪而居，它的雪窝子里有松子和干果，此时被乌鸦看见，要强行掠夺过去。可恶的乌鸦，为什么不在入冬前备好食物？如果自己懒惰，就该在冬天挨饿。但它没有廉耻之心，在这一刻变成了鸟类中的强盗。

过了一会儿，我注意到雪鸡的眼睛里有了一种光芒，很快，它向乌鸦发起了进攻。雪鸡的攻击独特无比——它用双翅把地上的雪卷起，不停地打向乌鸦。细看，雪鸡是在雪中翻滚着，在一翻一滚之中用双翅把雪卷了起来。乌鸦遭此攻击，显然无应战能力，不一会儿浑身就变得黑白相间，一声声嘶哑的痛叫在旷野里响起。而雪鸡越攻越快，直打得乌鸦狼狈而逃。最后雪鸡很从容地进入巢中，雪地上平静下来。

传说中的雪鸡战无不胜，那天，我终于目睹了它的攻击能力。

很多年过去了，有时候在新疆看到雪鸡，总觉得它们有一个神秘的巢，巢中的食物泛着黄金般的光芒。

书写者

　　朋友无意间说道，帕米尔有一个在羊皮上写塔吉克谚语的人，如果完成，便是一部难得的羊皮书。我见过不同版本的塔吉克谚语，有很多相当不错，比如："未达目的地，别吃完干粮；冬天未过去，莫烧光柴火。""毛驴走过桥，自夸是骏马。""洪水若把骆驼淹了，山羊就会被冲上天。"等等。每次读这些谚语，都有不同的感受。凭着谚语，人们找到了精神，使生活变得完美。当然，也凭着这些谚语，他们创造了塔吉克族文化，让心灵有了依靠。文化也有向前行走的脚步，当这些写在羊皮上的谚语像光芒一样闪烁时，他们于内心激起的，又将是何等热切的心潮。

　　朋友说，那个人写了多少年，倾注了多少心血，花费了多少财产，至今没有准确的说法，估计写完这些谚语后，他就老了。我默默叫好，还有什么比这样的事更有意义呢？

　　不久，朋友打来电话说："找到了，找到了！他住在县城东边的一个巷子里，还有电话号码，你是打电话呢，还是亲自去一趟?"不打电话,亲自去一趟!我让朋友搞了一辆车,急忙去找那位老人。车子开过去,刚一停住,就有一群小孩子围了过来。我一问老人的名字,他们都知道,并乐意为我们带路。

有两个腿快的孩子已先去给老人报了信,远远地,就看见他站在门口迎接。我向他点头致意,他还了礼,将我们迎进屋内。屋内有温暖的光亮,老人把水果、奶茶和油馓子等摆好,大家一一落座,开始了一场倾心的交谈。

老人是明白人,话题很快转到羊皮谚语上。他之所以写羊皮谚语,是因为他少年时的一次人生变故。他十五岁时,随父亲住在阿克陶。阿克陶背依帕米尔,村庄的旁边就是帕米尔雪水汇成的小河。父亲让他背谚语,他很快就倒背如流,父亲很高兴,便把从祖上传下来的那本手抄谚语书传给了他。照此下去,他很有可能成为那一代的一位年轻有望的知识分子。但事情很快发生了意想不到的变化,有一天帕米尔的雪水大面积涌下,阿克陶的村子被淹,人们惊恐乱跑,牛和羊在水中嘶叫。后来雪水越来越大,他和父亲被冲入水中,父亲抓他的手被冲开,只喊了一句"保护好书",就没有了影子。那本谚语书就在他怀里,他奋力向岸边游去。与他一起游的人后来都没有了力气,被河水吞没,唯有他爬上了岸。但他怀里的书已湿成一团,看不清文字。从此,他便靠记忆手抄脑子里的谚语,为了防止丢失或被水浸湿,便决定抄在羊皮上。由于几十年在专心致志干这一件事,他几乎与世隔绝,所以,现在他对外界所知甚少,外界也很少有人知道他在干这样一件事。

我按捺不住内心的激动，一个人并没有肩负某种责任或义务，但他所表现出的殉道精神，却使文化变得更加完美。我想文化是需要走一条咯血之路的，如慕士塔格峰，因体现出了孤独和坚执的意义，所以赢得了"冰山之父"的美誉。但遗憾的是，我在他家里没有看到那些写在羊皮上的谚语。二十多天后我费尽周折，才看到了那些羊皮谚语。羊皮卷作为某种成果展现在一个柜台中，那些谚语的字体熠熠发光，显得很庄重。从句子上看，整齐利索，就连不懂少数民族文字的我，也有了阅读的感觉。羊皮的四周画上了一些图案，全是素雅、宁静的花叶，如果避开文字的内容不谈，这些图案也是很好的美术作品。羊皮都是上等好货，薄而柔软，没有一点皱褶。在这样的皮子上书写，自然流利舒畅，写就之后也容易收藏。

后来听说了这样的事情，每过一段时间就有人到这里来，乞求用传统的熏香把柜中的羊皮熏一熏，防止它被虫蚀。谁也无法拒绝他们的这一乞求，总是默默地准许他们。他们熏完之后，又向管理人员讲解一番注意事项，才转身回去。

那么，我又能做些什么呢？我只能坚信，那些人在回去的路上，一抬头就看见了慕士塔格峰，那是人们心目中的"冰山之父"，时间长了，它晶莹的光芒照射到他们脚下，一束束，犹如一行行文字。

人们的书写，会不会由此受到影响？

牧羊曲

　　第一次见到他的时候，他正在红其拉甫河边放羊。那条河不大，在他面前的浅湾停滞成一池水潭，雪峰的光芒反射下来，潭水变得像一面镜子。他从地上捡起几块薄石头，在水面上打着水漂。薄石掠过，水面上漾起一圈圈涟漪，不停地扩散开，又聚拢来……他的动作与他的年龄不相符，他固执地要把这些动作做得完美一些，但因为手脚不灵便，便显得力不从心。实际上，他已经是六十多岁的人了，姑且能勉强牧羊，而要玩打水漂这样的游戏，就显得有些不自然。过了一会儿，羊群走到他跟前，默默望着他。他发现了羊的神情，也默默看着它们。这种对望是不多见的，他和羊之间似乎有无声的话语。

　　朋友说，他放了一辈子羊，现在老了，估计放不了多长时间了。我们远远地看着他，觉得在帕米尔放一辈子羊真是幸福。我曾很多次观察过塔吉克族人的眼睛，不论男女老少，他们的目光里都有一种从容镇定的神情。我想，他们的这种神情，是因为长期注视雪山、河水、草地和羊群后，一直保持下来的。

他赶着羊慢慢地走了。太阳已经落山，四周很快暗淡下来，只有雪峰还是那么明亮，像是要进入高原之夜的一盏明灯。在雪峰的旁边，是一些低矮的山峰，不知道它们要长多少年，才能让圣洁的雪落在自己肩头，在黄昏反射出醒目的亮光。仅仅过了一会儿，他和羊已经消失，不知人和羊回到了怎样的归途。

以后再上帕米尔，因为想着他，便不停地打听他的下落。大家给我提供了一致的信息：没有再看到他，不知道他去了哪里。从此我对他有了一份牵挂，总是想起他挪动着不太利索的身子，在那个水潭边打水漂，还有与羊群默默对视的情景。又过了一段时间，便觉得他的那些动作很美，他那样做，才是真正的高原人。

一天下午，我又走到他打过水漂的红其拉甫河边。我怀着侥幸心理，希望能再次见到他。然而短短一年多时间，红其拉甫河已经改道，原先在十几米外就能听见的潺潺流水声，如今已悄无声息。红其拉甫河只有很少的水，流到不远处就没有了踪影。那个他曾经打过水漂的水潭也没有了，四周一片荒芜，一位年迈的牧羊人，一定不可能再出现。沉寂而密集的大雪每天都落着，岁月的脚步谁也无法阻挡。他呢，会走到哪里去？

消息很快就有了。朋友热心，发动全家人去找他，终于在后山的一个地窝子里找到了他。他在那儿已经住了一年多时间，几乎与外界隔绝。

我们急忙赶过去，他所有的家当都在那不足三平方米的地窝子里面。一根羊鞭斜挂在墙上，他坐在地窝子中央，表情麻木地望着我们。朋友用塔吉克语向他打招呼，他表情僵硬，却突然开口说出了一连串话。从他的神态上猜测，他在讲述他自己并不如意的生活。朋友把他的话用汉语翻译给我听，原来，他的羊已经被村里收回，原因是他已年迈，不宜再放牧，他无法接受这个事实，但他却没吵没闹，默默地把那群羊如数交回，握着那根羊鞭来到这个地窝子里，准备自己养羊。我想起他与羊对视的那种神情，我猜测不出当他把羊交出时，他的心有多痛。

　　四周只有沉寂和荒芜，不见一只羊的影子。我和朋友都默默无语。我不知道他是老了呢，还是没老，不管怎样，他还在努力。在帕米尔，他或许掌握的并不是命运，却显得很坚强。一个放牧多年的人突然没有了羊，他不能把握命运，却仍在挣扎。

　　去年又传来消息：人们去找他的时候，他已经不在了，那个地窝子里的东西一样不少，唯独没有了那根牧羊鞭。他是为了保持自己晚年的尊严，沿着红其拉甫河走了吗？我想，帕米尔落着一场又一场大雪，那些落雪的声音，寂静无声，又那么绵长，他的脚步可否被那些声音带向远处？

　　帕米尔无言，脚下的路很短，心里的路很长。

目睹一个人的失败

　　他走到小河边，表情怪异地看了一会儿河水，然后，又抬起头向着慕士塔格峰望了一会儿。天气颇好，天上空空如也，不见一丝云彩，慕士塔格峰因而显得更加明亮洁净，似乎积在上面的并不是雪，而是晶莹的玉。他久久盯着慕士塔格峰不动，表情越来越怪异，嘴角抽搐了几下，唇上的胡须也随之颤动。

　　我不知道他为什么要这样做，在帕米尔经常能见到像他这样怪异的人，他们似乎对大自然中的物体情有独钟，常常对着一块石头、一棵小树、一只鸟儿、一条河，甚至自己的影子出神。他们会盯着那些东西看很长时间，表情会越来越严肃，像是在思考严肃问题。现在站在我面前的这个人就是这样。

　　我本无事可干，在草滩中乱转，看到别人如此专心致志，便为自己感到不好意思，与他相比，我显得无聊。但他毕竟是此时出现在我面前的一个人，而且其怪异的表情又让我迷惑不解，所以，我决定细细观察他的举动。

　　他的目光已经完全被空旷的天空，还有晶莹的慕士塔格峰吸引住了吗？在我看来，天空真的是空洞的，慕士塔格峰的光芒太过于刺眼，但他为什么会仰望那么长时间呢？整整一上午，我的疑惑都没有被打消，他始终就那样张望着，连我的脖子都已经酸疼，他却没有任何反应，仍保持着那种张望的姿势。

中午时分，乌云笼罩了慕士塔格峰，帕米尔高原一片幽暗。天气的变化让人的心情也随之消极，觉得一上午的时光付诸东流，空无一获。他也很沮丧地将头低下，不知该如何是好。我走到他跟前，问他："你在望什么？"

"鹰，今天没来！"他喃喃地说。我猜出了他的心思，他是在等一只鹰从公格尔峰方向飞过来，绕着慕士塔格峰旋转飞翔。我想起有人曾给我说过鹰绕慕士塔格峰飞翔的事，只要鹰一出现，就有塔吉克族人盯着它看。塔吉克族人喜欢鹰，吹鹰笛，跳鹰舞，一生的情怀都离不开鹰。有位摄影家曾拍出一幅塔吉克男子的头像，也许是光用得好的缘故，活脱脱地像一只鹰。而鹰与慕士塔格峰又有什么关系呢？慕士塔格峰是庞大的，要不怎么会被称为"冰山之父"呢？听说有一个人看见一只鹰在慕士塔格峰跟前飞翔，几近要被慕士塔格峰强大的光芒淹没，但它却不气妥，始终保持着缓慢而沉稳的飞翔姿势。也许鹰的飞翔就是这样的，或者说，鹰喜欢在庞大而有光芒的雪峰面前飞翔。这时候，发现鹰的人会变得兴奋，双手有一点颤抖，像是在努力抑制自己的兴奋。他的头随着鹰的飞翔慢慢转动，过了一会儿，那只鹰消失在了慕士塔格峰后面，他的头也低下，脸上是迷醉的神情。

那样的情景没有在今天的这个人眼前出现，他苦等一上午终无所获。我与他坐在小河边抽烟，随意聊起一些话题。他说，他这一段时间老觉得身体软软的，没有一点力气。我对他说，那你多吃羊肉。他说，吃了很多，但好像吃了草一样，身体还是软软的，听说看一看鹰绕着慕士塔格峰飞翔就可以获得力量，我就来了，但今天鹰没有来……我不知道该怎样安慰他，也许他应该去医院找医生看一看，吃点药就好了，但他很固执，不会听我的话。过了一会儿，两位塔吉克少女从我们身边走过，她们认识他，热情地跟他打招呼。他用塔吉克语向她们回话，我虽然听不懂塔吉克语，但从他说话的神情和语态上，能感觉到他在向她们诉说今天的遭遇，一只鹰没有出现，他很失落。这时候的两位少女俨然是两位天使，从言辞、语气、神态和举止上似乎都在安慰和鼓励着他，他受到了鼓舞，脸上的神情也兴奋起来。他的这种表现用新疆话说就是"来劲了"，一定要干点什么。果然，他在两位少女美丽双眸的注视下，很冲动地站起身走到小河边，腰一猫便向对岸跳去。小河虽然不大，但河岸还是很宽，他没有成功，身子像石头一样落入河水中。他为这样的结局吃惊，连滚带爬上了岸。他脸上有水，我疑心他脸上除了河水外，还有眼泪。他对两位天使嘟嘟囔囔地发火，似乎在埋怨她们误导了他，天使的脸上布满了不悦，气愤地转身走了。

他失败了。他想通过跳跃河面的方式证明他有力气，证明他的身体没问题，但现实必然会让他失望，这是不可改变的事实。

我问他，刚才的两位天使是如何鼓舞你的，她们说了什么，顿时使你有了那么大的信心？他笑了一笑说，她们对我说，马跑向远处时，仍是用四蹄一步一步踏过草原的；她们让我试着跳一跳这条小河，从最容易做的事情开始。但我还是不行，身体像吃了草一样软软的。听他这么一说，我觉得他的判断还是出了问题，他只注重目的，忽略了自己的身体。这样的情景就好像马驹还没长大，怎么能跑长路呢？我扶他坐在一块石头上，让太阳把他身上的水晒干。他坐下后意识到我扶他是在怜悯他，用一种复杂的眼神看着我，我怕他受到伤害，坐在一边不说话。

这时候，意想不到的一幕出现了——一只鹰从远处飞来，绕着慕士塔格峰缓缓飞翔。阳光很明亮，把它映照得反射出黝黑的光亮。不知为什么，我也为这只鹰的出现感到兴奋，似乎一只鹰就是一道光芒，它的出现呈示着一个神圣时刻就要到来。但我又有些担心，对我身边的这个人来说，这时候出现一只鹰是好事还是坏事？我紧张得扭过头去看他，他已经变得很兴奋，从地上一跃而起，跑到河边腰一猫又跳了过去。然而仍然像刚才一样，他如同一块石头一般落入了河水中。他似乎不相信，也似乎不服输，瞪着眼望着那只鹰。那只鹰不知道下面发生了什么事，仍缓缓飞翔，身上黝黑的光亮仍丝毫未减。他气呼呼地爬上岸，指着那只鹰对我说："它，来了，我，怎么还过不去？"我不知道该怎样安慰他，他气呼呼地转身走了，再次失败让他丧失了信心。我注视着他的背影，他越走越远，那只鹰也慢慢消失在了慕士塔格峰后面。

我慢慢往回走，为今天目睹到一个人的失败而伤感，他在心目中太坚信美，并义无反顾地追求，所以才失败得如此彻底。但这种失败只能在高原上见到——一只鹰绕着慕士塔格峰缓缓飞翔，一个人在内心获知了光芒，变得像一匹只顾奔跑却不知自己有多大力气的马。所以他最终只能失败。

风扑面而来，我觉得有点冷。

见证

　　山脚下只有一户人家，房子的墙和栅栏都用石头垒就，显得很结实。

　　我坐在离这户人家不远的地方抽烟，突然看见一只鹰从远处盘旋而来，落在了这户人家的屋顶上。我对同行的几位朋友说："这家人的房顶上有鹰！"但他们没有看到刚才的一幕，都不相信鹰会落在房顶，在他们的观念中，高傲的鹰是不会接近人的。但我不怀疑自己的眼睛，我确实看到一只鹰落到了这户人家的屋顶上。在这之前，我也和大多数人一样，不相信鹰会接近人，但今天无意间的一次目睹，修正了我的看法。然而我又如何能让自己的这次目睹得到认可呢？大家的观点是从高原存在了多少年的事实中得来的，我说服不了他们，我感到孤独。

　　过了一会儿，我们准备离去。这时候，我看见从那个小屋里走出一个人，去屋后骑了一匹马向我们跑来。我们坐的是越野车，很快便把他甩到了后面。我从倒车镜中看见，他在车后的扬尘中变成了一个小黑点。我很想等他骑马近前后问问他，是不是有一只鹰落在了他家屋顶，但我不敢肯定他是否一直尾随在我们身后。后来，他不见了，我打消了向他询问的念头。

汽车在一个有平整积雪的大平滩上停下，大家下车赏雪。积雪很漂亮，将这个大平滩覆盖得像一面光滑的镜子。我想，大概从第一场雪开始，这里的雪便一直积了下来，一场又一场积着，以至于把这个大平滩覆盖得犹如一面镜子。

这时候，我一扭头又看见了他。呵，他竟一直尾随在我们车后。他在大平滩边沿勒住了马，似乎担心马会踩脏积雪。他跳下马向我们使劲挥手，让我们等他。我按捺不住兴奋，对大家说："看，那个人在向我们挥手！"大家看过去，但因为他已经上马，没有发现他在挥手。但大家都看到了，他拨转马头沿大平滩外沿向我们这边跑了过来。我断定他一直在追我们，只是我们的车子一脚油门下去就开到了这里，而他骑马却要费一番工夫。我们耐心等待他到了跟前，这是一个五十岁左右的塔吉克族男人，脸因为长期被高原紫外线照射而呈红色，但一双眼睛却炯炯有神，看人时锐利得像刀子。他从马上跳下来，指着一位同行的塔吉克族朋友说："你，我的朋友嘛！刚才，我房子门口你都到了，你不进去，为啥？"

同行的塔吉克族朋友一时想不起他，脸上有了窘迫之色。

他的目光更锐利了，紧盯着他说："刚才，我看见你这骑马的腿了！你忘了，十年前，你来这里，骑我的马，掉下来，摔伤了。我的马，把你摔伤了，是我的事情嘛！我，还没有，给你赔不是。"

同行的塔吉克族朋友终于想起了往事，噢了一声，说："没事，我已经好了。"

他忙说："不，你的腿，好了，是你的事情，我，如果不给你赔不是，那就是我的事情。"他爱用"事情"二字表达他心中想表达的东西，好在我们在新疆已经生活了好些年头，知道他说的好是"事情"，不好也是"事情"。

同行的塔吉克族朋友被他还惦记着十年前的事感动，而他也因为找到了十年前被自己的马摔伤的人而释然。他和同行的塔吉克族朋友握手，临了用手拍了一下他的腿，显得无比亲密。我想，这些帕米尔高原上的人，常常就是因为这样的事情成为朋友。

我看他们之间的事情说得差不多了，便忍不住问他："有一只鹰落在你家屋顶上，你知道吗？"

他用锐利的目光盯住我，问道："是吗？"

我说："我看见了，这些朋友没看见，他们不相信。"

他的目光变得更加锐利，看了看我，又看了看我同行的朋友，然后说："你，看见了，是你的事情；他们，不相信，是他们的事情。"他仍用他那好事坏事都是"事情"的理论回答了我，让我觉得如坠云雾，不知该如何和他交流。他和同行的塔吉克族朋友互道祝福后便骑马走了。

他骑着马渐行渐远，在雪野里又变成了一个小黑点。

他的头顶，又有一只鹰在盘旋。

逃跑的鹰

　　回到村里后，我无意间听到一个猎鹰逃跑的故事。那只鹰是在一次演唱会上逃跑的。当时的场面很热闹，很多驯鹰人把鹰带到了会上，无形之中便互相比起了鹰，比来比去，买买提的鹰占了上风。他的鹰个儿大、肥硕，捕猎速度和技巧比别的鹰高超，一时间，人们都羡慕地看着他和他的鹰。无数目光汇聚在一起，让他成为演唱会的焦点，他很高兴，用手拍拍鹰说，好，今天晚上给你喂肉吃。

　　但在下午，买买提的鹰却不见了。有人看见他和别人喝酒时，他的鹰挣脱脚襻，飞到一片松树林后就不见了踪影。他当时正喝得高兴，听到消息后仍然端着酒杯说，我的鹰是最好的，它怎么能跑掉呢？它在天空中散步呢，一会儿就回来了。

　　买买提又喝了几杯酒，吃了几块羊肉，见鹰还没有影子，才着急了，但他怕别人笑话他，便悄悄离席出去找鹰。看见他的鹰挣脱了脚襻飞走的那个人对他说，你的鹰早就飞走了，我看它飞走的架势是逃跑，对了，它往南飞了，这阵子恐怕已经飞出新疆进了甘肃，不会回来了。

人们听说买买提的鹰逃跑了，围过来议论纷纷。下午刚刚笼罩在身上的光芒顿时变成了阴影，他既愤怒又难堪，骑上马默默回到了家里。他的鹰逃跑了，两手空空的他显得很孤独，躺在床上三天没起来。人们都说，买买提的鹰逃跑了，给他留了一肚子气，他恐怕得用一两个礼拜才能把一肚子气消完。

在那只鹰之前，从未出现过猎鹰从人身边逃跑的事。它一逃跑，便给村里人心头留下了阴影，人们琢磨可能是人待鹰不好，或者说鹰原本就不想和人在一起，受人指使去捕猎，所以才抓住机会逃走了。鹰一逃走，人与鹰之间建立的感情便被破坏，人隐隐约约对鹰有了难言的情绪。

一个多礼拜后，买买提像人们说的那样，果然把一肚子气消完了。他又开始驯鹰，想驯出一只和原来那只一样的鹰，但事与愿违，买买提再也找不到像那只鹰一样好的幼鹰。他很生气，又躺在了床上。于是人们又说，好的幼鹰不出现，买买提的肚子里又装了需要一两个礼拜才能消完的气。

一个礼拜过去，两个礼拜过去，好几个礼拜过去，好的幼鹰仍没有出现，买买提的气似乎一直都没有消完。他很失落，慢慢地不和人来往，人们也渐渐遗忘了他。想想在演唱会上，他是多么荣耀啊，似乎所有人，不论老的、少的、年轻的、美丽的，都在为他和他的鹰而歌唱。但他的鹰却逃跑了，他失落到了极点，对什么都提不起精神。

后来，买买提终于弄到了一只好幼鹰。他很高兴，给它洗脸，洗身上的灰尘。多好的幼鹰啊，骨架结实，目光锐利，秉性刚烈，是个好苗子。他在很长时间都没有消完的气似乎一下子全消了，那种受辱的日子一去再也不复返。

但就在这时，那只逃跑的鹰却突然回来了。一年多的时间，买买提经历了痛苦的折磨后，已经在内心接受了它弃他逃跑而去的事实，但它却突然又回来了，犹如一把隐藏许久的刀子把他刺了一下。他仔细看着回来的鹰，这一年多的时间，它一直在外面流浪，浑身瘦得没有一点肉，身上的毛长得又杂又长，有很多树叶夹杂在其间。他很心疼它，为它一年多以后还能回来而高兴，他给它洗澡，喂它好吃的东西。他觉得它能够回来，以后会把这里当家。

但那只猎鹰显然已经忘记自己曾经是一只猎鹰，不但把捕猎忘得一干二净，而且对买买提家庭的环境也很陌生。买买提想，它在外一年多一定和野鹰生活在一起，性格和习惯都已经变野，但它能回来，说明它喜欢这里，时间长了一定会把性格和习惯都改过来。

一天，天降一场大雪，是驯鹰的好天气，买买提架着那只幼鹰往外走，那只回来的鹰看见架在他胳膊上的幼鹰，突然痛心疾首地叫了一声，飞出院子，在茫茫雪原上空越飞越远，消失在了天空中。

它又走了。好几年过去了，直到现在也没有回来。

大风带来了什么

　　下午的时候，天很晴朗，到了傍晚却突然暗了下来。我无事可干，便坐在窗前看天气的变化。先是从山后飘过来一朵很大的乌云，向大地投下阴影，阿合塔拉村的一半被遮裹了进去。紧接着，这朵乌云像一个狂奔者，撒开手脚迅速到达了天空的四角，然后便纹丝不动。这个黑色的、充满了占有欲的家伙，把我们习惯仰望的蓝色天空，在顷刻间便彻底占领。占领就占领吧，但它居然还板起一副冷冰冰的面孔，俯瞰着大地上的万物。

　　天气如此骤变，恐怕要下雨。过了一会儿，天色越来越暗，却没有落下一滴雨。我觉得阿合塔拉的天气真是奇怪，这样的天气要是放在别的地方，恐怕早已经大雨滂沱了，但在阿合塔拉，好像有一只烧干了水的大锅扣在大地上，不论怎样都不会有一两滴水滴出来。村里人似乎很不适应这样的天气，抬头望一眼乌云，嘴角溢出几丝无言的情绪。牛羊和马也变得烦躁，对着天空发出莫名其妙的叫声，然后又低下头去。大地上的生命除了默默忍受又能如何，这个黑色占领者不知来自哪个星球，而且又过于庞大，谁能把它打败呢！

因为昏暗的天气持续的时间太长，我疑心已经是黄昏时分，便在心里想，天快一点黑吧，天黑了任凭乌云怎样，也没有人理你。但不久后，乌云却动了起来。我仔细一看，才发现是乌云的边缘在游动，像是它的四周生出了无数个触角，正在向天空的空隙延伸而去。

我想，可能要刮风了。果然，空气中有了清凉却迅猛的气息。是风吧。我这样想的时候，气息中的清凉不见了，只剩下迅猛的东西在冲撞。大风刮起来了。我抬头瞅了一眼天空中的乌云，好家伙，这个巨大的黑色占领者此时像翻滚的巨兽，把它圆鼓鼓的身体翻来覆去，似乎折腾得正起劲呢！它在天空中翻滚，大地上便刮大风，似乎一场空前的灾难已经来临。

风刮得越来越大，树摇来摆去，让人疑心它们会被连根拔起，被大风送进天空中的黑色巨兽嘴里。地上的尘土也被一团一团吹起，形成一个又一个黄色的怪兽，骤然向上蹿升。呵，这些黄色怪兽大概想到天上去和那个黑色巨兽会合，但它们与它相比太小，被一座山一挡，便像是被拦腰砍了一刀似的散溢到山的后面去了。

人们都躲到家里去了，我站在风中，让风猛烈地吹打我，内心有了一丝快感。我来这个村子已经这么多天了，每天都看着近乎残酷的驯鹰，我变得有些难以堪负现实，我知道这个世界是不能改变的，它们维持着世界的秩序。

风仍在不停地刮着，一阵紧似一阵，我的衣服被吹得啪啪作响，像是被大风用无形的大手撕扯。我不担心我的衣服会被撕坏，也不担心大风会把我怎么样，我只希望风能刮得更大一些，让长久保持沉默的大地改变一种面孔。也许，大地已经沉默得太久，夏天被太阳暴晒，冬天被寒雪覆盖，但大地多少年一直默默承受，从来都不见有什么反应。也许，大地在等待改变自己的机会。但这一等，不知要多长时间。

我这样想着的时候，发现风小了下来，只发出呜呜呜的颤响，似乎风被拧在一起，抽动着上下起伏。我看不见这种颇具力量感的抽动，但我感觉到有无数风的大力士正在疾奔，有的撞在物体上发出闷响，有的在互相对撞，有的什么也撞不上，便把自己的身体扭出声响。

过了一会儿，风停了，天空中的黑色巨兽也迅速散开，化为无数微小的块状云朵，天色重新又变得明亮起来。这些巨兽，或者大力士，把力气疯狂地使用完后，才消失了身影。

回到屋子里，我写下一首《请尊重缩小的心灵》：

在天空下　把一座山当成一块石头
请相信它的心灵在缩小
请相信它的缩小是一种坚硬

请尊重缩小的心灵——

一声低语　一块石头在低处凝聚着天空

一阵眩晕　它又为内心悄悄俯下了身

请相信这种缩小是一种上升——

一阵风刮来　它像温柔的双手

再次把你抓紧

　　我像是目睹了一场惊心动魄的战斗，因为情绪高昂，反而不希望它这么快结束。但这场无法予以定义的战斗确实结束了，我作为一个目睹者，看到了天空中的黑色巨兽，还有大地上的风的大力士，我在内心产生了稀奇古怪的想法，所有的这些，都让我享受到了难以名状的快乐。

　　这就够了，我很知足。

牦牛

　　有一个故事，让牦牛的形象变得更加清晰。当时的一场大雪，把高原涂抹得银装素裹。第二天早晨，太阳刚刚出来，雪地上反射出一层刺眼的光芒，有一些黑点在雪地上微微动着，看上去像是蚂蚁，等走得近了，才看清是牦牛。它们在雪地里站了一夜，天亮了才显出身上的黑色。

　　那场雪下得太大，高原的秩序被打乱，有很多人没有来得及转场，和牛羊被困在山谷里，寒冷和饥饿困扰着他们，他们只能苦苦等待救援。牧区的人聚在一起，商议如何解救人和牛羊。"这场雪来得太突然，他们就是长再好的脑袋，恐怕也想不到会下这么大的雪。""就是，这雪就是刀子嘛，把人和牛羊要杀了呢！"大家议论纷纷，对大雪表示出一种恐惧。一位上年纪的牧民这时候把话切入了正题："怕什么，这样的大雪下了多少年了，现在我们要赶紧给人送吃的东西。"一番争论，大家决定组成牦牛队去送东西。

　　第二天，牦牛队出发了。牦牛是人们从雪山脚下赶到村庄旁的，有二十多头，背上驮着牧场所需的东西。牦牛很兴奋，上路后四蹄把路上的石头踩得咣咣响。人跟在牦牛后面，因为路滑，只能踩着牦牛踏出的蹄印往前走。牦牛行进的速度比较慢，但这时候人也走不快，刚好和牦牛保持一样的速度。人和牦牛越往山谷深处走，雪越厚，牦牛懂得行进的策略，用四蹄把雪踢飞，给人开辟出通畅的道路。

走出山谷，便开始爬坡。山坡上的雪虽然不厚，但人踩上去却往后滑，很难站稳身子。牦牛再次表现出超凡的智慧，它们每走一步，便用两只前蹄在土中插出两个深坑，以便跟在后面的人落脚。人踩着牦牛插出的深坑向上爬，顿时轻松了很多。山坡上移动着牦牛和人组成的长队，鹰在他们上空盘旋，不时发出一声鸣叫。

爬过山顶，便开始下坡，但行之不远，出现了一条悬崖。窄小的路从悬崖半中腰通过，犹如一条起伏的细线，人们把牦牛一只一只隔开，让它们缓缓通过。但危险还是出现了，一只牦牛一只蹄子踩空，身子向悬崖下歪斜着倒去，但它很理智，用另一只蹄子蹬住一块石头稳住了身子，然而因为用那只蹄子蹬着石头，不能用力把身躯挪到路上来。它的呼吸变得粗重，用茫然的目光望着人们。一位牧民细细看过周围的环境后，从腰间抽出皮夹克（刀子），狠狠向牦牛的尾巴砍去。牦牛性情凶猛，若伤了它，它会力量爆发，有时甚至会疯狂地把汽车撞翻。果然，刀子砍到那只牦牛的尾巴上，它受到疼痛的刺激，一跃跳到了路上。它的尾巴在流血，它对砍它的人并不知恩地怒叫了一声。队伍很快恢复了秩序，人和牦牛都顺利通过悬崖。两天后，被困在牧场上的人得到了解救。

这件事的细节让人震撼，但牦牛的行为处于被动状态下，看不到它的内心和精神。而另一次对牦牛的目睹，则让我看到了它们的内心反应。也是在帕米尔高原，从一个牧场往东行三四公里，就进入了一个大草场。尽管牧民称之为草场，但里面却有水在悄悄流淌，还有一些圆形石头分布在水中，太阳一照便闪闪发光。吐尔洪说牦牛很喜欢这个地方，每年夏天都成群结队到这里来，吃那些一簇一簇疯长的野草，吃饱后便踩水嬉闹，很是热闹。

我等待着牦牛群出现，我在藏北阿里见过牦牛，很喜欢它们稳健的姿势，尤其是行走时，犹如是在检阅高原。曾经有一只牦牛挡住我们的车，任凭司机怎么按喇叭，它既不愤怒，也不蛮横，一直不给人让路。等了几分钟，我发现它在凝望雪山，便明白了它不让道的原因，于是让司机绕道而行。走远后回头一看，发现它扭过头在望着我们。我对那只牦牛记忆深刻，它给我留下了永久的怀念。

我爬上一座小山，还没有喘过气，就为眼前的情景大吃一惊，对面的山坡上一群黑压压的牦牛，像潮水一般冲向坡顶，又漫漶而下进入坡底。然后，它们像是听到命令似的站在了原地。太阳已经升起，草地上泛着一层亮光，它们盯着那层亮光不再前进一步。静止的牦牛群，和明亮的草地构成了一幅很美的画。过了一会儿，太阳升高，牦牛三五成群吃起了草。慢慢地，它们又散开独自去寻草。从远处看，这时的牦牛犹如无数个静止的小黑点，而成群的牦牛又好像一片低矮的灌木丛。

我走下山坡观察它们，它们不在意我的到来，只是低着头把嘴伸向那些嫩绿的野草，嘴巴一抿一抿地吃着。有几头牦牛的角很长，以至于嘴还未伸到草跟前，角却先顶到了地上。它们不得不把头弯下，歪着脑袋才把草吞进嘴里。

我在它们中间走动。我想起一位牧民曾说过，这块草地是牦牛的天地，它们每天早上到这里来吃草，一直吃到下午才回去，这里的草被它们啃了一遍又一遍，但似乎总是啃不完。

这时，一头牦牛走到了我跟前，它的犄角上挑着一只不知毙命于何时的狼尸。因为时间太久，狼尸被风干，固定在了它的头顶。这只牦牛已经适应了狼尸的重负，在行走和吃草时都显得很自如。随着它的走动，那副狼尸上下起伏，仿佛是加冕于牦牛头上的王冠。后来，牦牛发觉我在观察它，便警觉地逃入牦牛群中。当它把头低下，我便再也找不到哪一头是刚才头戴"圣冠"的牦牛。返回乌鲁木齐后，我请教一位野生动物学家，他说可能是那头牦牛用角刺死了一只狼，狼尸从此便挂在了牦牛角上，待皮肉一日日脱落，只剩下一副骨架。牦牛在那一瞬间用尽全力，用双角刺入了狼的骨头中，狼死后尸架便没有掉下。狼是食肉类动物中的强者，但在那一瞬的灭顶之灾中，它瞳孔里一定会涌出从未有过的绝望。

第二天，我在那块草地上看到牦牛更为激扬的一面。那些高大健壮的牦牛正在吃草，却突然聚拢在一起，互相冷冷地盯着对方，像是怀疑对方并非自己的同类。过了一会儿，不知是哪头牦牛嘶鸣了一声，牦牛群便骚动起来。混乱之中，有的牦牛在努力向外冲，而外围的牦牛又在往里面冲。草被它们踩倒，水也被它们的蹄子溅起，和泥巴一起沾在它们的身上。我不知道这些牦牛要干什么，但它们的架势有一股杀气，似乎不把面前的同类刺倒便不罢休。我希望它们不要互相残杀，像亲兄弟一样在天山上相处。人类对牦牛的残害已越来越猖狂，有一段时间，牦牛尾巴做成的掸子很畅销，有人便拿刀子悄悄走到牦牛身后，将它们的尾巴提起，一刀下去就将尾巴砍了下来。被砍掉尾巴的牦牛痛得狂奔而去，有时一头在石头上撞死。如此多的伤害，已经将牦牛逼得一再向雪山退去，如果它们之间再互相伤害，不是雪上加霜吗？

很快，我担心的事情发生了，牦牛先是用身体去撞对方，不一会儿又用角去刺对方。它们乌黑的犄角像一把把利剑似的，在对方身上划出一道道口子，血很快就流了出来。我以为它们都很疼，但它们却变得很兴奋，一边极为亢奋地"呜呜呜"叫着，一边凶猛地攻击对方。在进攻中，有的牦牛被别的牦牛用角刺中，加之体力不支，便退到了一边。血从伤口中流出，使更多的牦牛战栗，但它们却不离开，仍然很兴奋地看着那些正在战斗的牦牛。战斗的牦牛显然是这群牦牛中的佼佼者，它们不光身体敏捷，而且特别善战，也特别能忍耐。它们身上已经有很多伤口，血甚至已经染红了身子，却丝毫没有要退下的意思。但是这样的战斗毕竟是残酷的，其结局无外乎有两种，要么失败，要么战死。至于胜利者，则是这两者中的幸存者。很快，又有一批牦牛退了下来。又过了一会儿，第三批失败者也退了下来，留在战场上的几乎都是胜利者。而正因为它们是胜利者，接下来的战斗则更激烈也更残酷。因为距最后的胜利已经不远，所以它们再次兴奋起来，一阵猛烈的攻击过后，又有几头牦牛退了下去。有一头很健壮的牦牛像是不甘心，要坚守住自己的阵地，随即，有两头已明显取胜的牦牛便一起向它发起攻击。当四只尖利的长角刺进它肚子时，在"噗噗"的响声中，它像轰然倾倒的大山一样趴在了地上。

战斗终于结束，剩下的几头牦牛就是胜利者。它们扬着头长嗥几声，向伫立在远处的几头牦牛走去。这时候，我才发觉那几头牦牛一直伫立在那儿，它们像我一样在观看刚才的战斗。那几个胜利者径直走到它们跟前，用嘴去吻它们。它们像是已经等待了许久，一对一地与那几个胜利者依偎在一起，胜利者不时地发出喜悦的嗥叫，它们用嘴舔着胜利者伤口上的血，舔完后便头挨着头缠绵在了一起。

至此，我才知道那是几只母牦牛。

过了一会儿，母牦牛兴奋起来，它们让那几个胜利者从后面爬到自己身上，完成一场充满激情的交媾。至此，我才知道这群牦牛奋战的原因——几头母牦牛在远处发出了信号，公牦牛便为之奋争。这是一份光荣，也是一次难得的交配机会，所以公牦牛不顾生死去奋争。现在，经过血的代价终于换来了幸福，它们忘记了疼痛，享受着激情和鲜血同在的幸福。

那些从战场上退下来的失败者，都悄悄把头扭到了一边。

“搬家”的河流

夏天，大部分塔吉克族人会去“大草滩”放牧。

从远处看，河流像几条明亮的丝带，缠绕在绿色的大草滩中。走近了才发现河床很宽，哗哗的流水声甚至还有些震耳。目测一下水的深度，有一两米。在河边坐下，感觉四周的山峰变得更加悠远，就连不远处的戈壁也宽广了很多。我想起一位塔吉克族朋友曾深情地对我说：“当你发现太阳、天空和山峦都映照在水面上时，你就会知道，河流大得足以装下一切。”我被他的这一番话打动，但我依然对高原的河流认知不够，不能从中看出什么。

心怏怏然，又无事可干，我便待在大草滩一侧的艾西热甫家里与他闲聊。不料刚说到河流，他的脸色就变了。他发现我对河流感兴趣，就对我说：“河调皮得很，经常自己搬家，它一搬家，人就得跟着它搬家。”

细问之下，才知道“河流经常自己搬家”指的是河流改道，塔吉克族人说话富于谐趣，把河流改道拟人化，说成了“搬家"。因为"河流经常自己搬家",他们家也跟着河流搬了三次家。他父亲是在一条河边出生的,之后便听着河水的流淌声长大。他父亲对河水有很深的感情,每次出门都要在河中洗手后才动身,从外面回来也是用河水洗手后才进屋。二十世纪七十年代末,他们家的生活好了,慢慢从游牧变成了定居。他父亲决定选一个地方盖一座房子,让全家人定居下来。一家人翻山越岭,走到一条河边时,他父亲发现那条河清澈见底,立刻决定在河边盖房子定居。他父亲在当时的选择其实不足为奇,作为游牧民族,有水有草的地方往往是他们的首选。一天夜里,那条河的流淌声比以往大了很多,他父亲对家里人说:"雪水下来了,小河要变成大河了,河水在叫唤着长身体呢!"那一夜,他父亲酣然入睡。作为一个对河流有感情的人,那条河似乎流淌在他的心里。

不料第二天早晨出门一看,他父亲的脸上顿失颜色。昨天夜里从雪山上涌下的雪水大概很汹涌,在那条河的上游冲开了一个口子,使河水从那个口子中一涌而去,将这条河道遗弃了。干河道真难看啊,像被撕开后露出白骨的伤口。

"河搬家了。"他父亲说完这句话后,骑马去寻找那条河流。他骑了很远的路,找到了那条河冲开口子的地方,但那条河在向下流淌的过程中出现了几个分支,他觉得所有的分支都是原来的那条,但又觉得不是。他快快而归,带领全家人搬家。没有河水了,他们必须得搬家,因为人和牛羊都需要水。

他们一家再次找到一条河时，家里人都有些犹豫，但他父亲却执意要紧靠河流而居。不久，一座黄泥小屋又建了起来，他们往墙上洒面粉，用塔吉克族人的方式祈求平安，然后在那里住了下来。有水有草的地方对人的生活可起到最起码的保障，他们一家又像以往一样生活着。然而不久，意外的事又发生了。一天夜里，他们一家人都在睡觉，突然从上面传来轰隆隆的巨响，紧接着一股洪流倾泻而下，将他们家的黄泥小屋掀翻了。天气太热，雪山上的积雪大面积融化，雪水汇聚到一起，便形成了洪流。他们家的房子不巧正处于洪流的下方，所以被冲垮了。等洪流过去，他们发现父亲不见了。他们沿河而下寻找，一直找到天亮，都不见他的踪迹。

父亲被"突然叫唤着长大了的河流带走了"。

艾西热甫成了家里的顶梁柱，他带着一家人又迁到了另一个地方。鉴于上次因为距河太近而遭受了灾难，但又离不开河流，所以这次他们选择在离河流有十几米远的地方盖了房子。父亲因河流而丢了命，给一家人心头留下了阴影，如果不是去提水，谁都不愿多去河边。

几年时间过去了，小羊长成了大羊，大羊下了很多小羊。艾西热甫一家人的心情慢慢平静了下来，然而河流还是再次让他们一家遭受了意料之外的事情。一年夏天，那条河莫名其妙地干涸了。雪山是河流的源泉，气温太低，积雪无法融化成雪水流下，所以河流干涸了。干了就干了吧，从稍远一点的地方提水也可以维持生活。但不久意外的事情又发生了，他们家的墙裂开了缝，风呼呼地从中穿梭。有年长的塔吉克牧民路过，对艾西热甫说："河水都干了，房子能不裂缝吗？"艾西热甫这才明白是怎么回事。他生起一股恼意，又是河流！

没办法，他们又搬了一次家。河流"搬家"的方式每次都不一样，而他们搬家却始终摆脱不了河流的阴影。住在现在这个地方已有五年时间了，最近艾西热甫的心头又有了一种不祥的预感，这五年平静的时光使他觉得似乎又将遭遇一次灾难，他甚至已经在心里盘算着如何搬家了。

我劝他不必过于紧张，那样的事都是偶然发生的，不会次次都遇上。

他说，父亲以前曾说过，如果找不到最初的那条河流，我们家就得不停地搬家，因为我们遇到的新的河流都在"长身体"，它们一"叫唤"，就把我们的房子顺便带走了。

我无法再劝他了，虽然他所言没有道理，但在如此蛮荒偏僻的高原上，人与自然就这样相处着，在很多时候甚至融为一体，谁又能不相信他们说的话，他们坚信的道理，都是从现实中得来的。

我们俩都沉默了。

我扭头去看大平滩中密布的河流。我看见这些河流被阳光照射得像一把把刀子，把大平滩切割得支离破碎。

在石头城听鸟叫

今天，我准备去看位于塔什库尔干县城一侧的石头城。

早晨，我被一阵鸟鸣吵醒了。我侧耳凝听了一阵，发现是几只鸟在窗外的花园里鸣叫。鸟鸣一阵比一阵好听，我来了兴致，赶紧穿衣出了门。走到花园跟前，眼前的情景使我吃惊不小——花园里的花开得正艳，几只鸟儿正在花丛中鸣叫翻飞。

我仔细凝听它们的鸣叫，慢慢地，发现鸟儿的鸣叫各有不同，有的欢快喜悦，有的轻柔委婉，有的低沉忧郁，有的凄凄惨惨，有的只是发出一声嘶哑的叫声。我想起一位鸟类学家说过："鸟的鸣叫一般分为两种，为'鸣啭'和'叙鸣'。鸣啭是鸟类享受幸福的一种方法，多用于歌唱、赞美和自娱，比如在表达爱情，在花开的时候，就会放声歌唱。总之，鸣啭是鸟的性情，是感情的表达，是对理想的贴近。而'叙鸣'则是鸟的基本生活内容，比如交谈、传递信息等。这时候的鸟是真实的，也难免琐碎和平庸。"让人欣慰的是，真正具备鸣啭本领的鸟儿大多身体和羽毛并不显眼，在鸟的世界里属于形象平常的一类，如云雀和夜莺，它们很像屈原和杜甫那一类诗人。鸟的世界其实很像人的世界，听鸟鸣就像听一个人在说话。这种叙说似乎更真实，更渴求专为你一个人倾诉。

我在花园旁站了整整一个小时，听鸟儿们的鸣叫。

吃过早饭，便往石头城走去。一眼望过去，可看见石头城完整的外围，其城墙、剁口以及门洞皆牢固完好，俨然是一个难以攻克的王国。石头城在历史上叫竭盘国，史书上有详细记载。我无暇查证它存在了多少年，只是在心里有一丝不解，是什么原因让一个王国人去城空，继而又让一座城变成了废墟？

心里装着疑问，我从一个门洞进入了石头城，顿时，满目都是一片废墟。没想到，外围依然完好的石头城，内里却如此荒凉和破败，处处都是土堆和石块。这么大的一座城，在当时养活和保护了多少人，昔日的繁华和生机又是怎样的情景？我和朋友在废墟中漫不经心地走着，半小时过去了，一直默不作声。显然，我们都想在这座废墟中找到什么，但能找到什么呢？四顾茫然地张望一番后，便转身怏怏返回。太寂静了，而寂静中的废墟更让人喘不过气。

走下石头城，我们决定去草滩转转。正值盛夏，远远地看上去，明亮的草滩像一片湖泊。塔什库尔干的人颇为喜欢这片草滩，往往三五成群地拿着毡子在草滩上坐上一天，把草滩当成了家。他们在这一天中什么事也不做，只是坐在那儿说话，或者抬头望着远处的雪山。不远处有低着头吃草的牦牛，时间久了，它们也许觉得人就那样坐一天挺奇怪的，便扭过头望着人，或者向人移动过来，但人对它们毫无察觉，仍是一副很平静的样子。一天时间就那样过去了，似乎这一天中的平静就是一种博大，没有什么可以把这种平静打破。

进入草滩中才发现它很大，站在高处望山峦，山峦似乎近在眼前，而此时却像是变戏法似的被推到了很远的地方，只能看见模模糊糊的轮廓。心中诧异，却明白了一个道理，在高原上站在高处望出去，很远的雪山会变得很近，而站在低处看，很近的雪山也会变得很远。我曾在内心萌生过徒步穿越这片草滩，去爬一爬对面山峰的念头，现在看来只能悄悄打消了。

走了几步，意外的事情又出现了，几条弯弯曲曲的小河阻挡了脚步，只好停下，看三五成群的塔吉克族人在草滩上闲坐或洗衣。冷不防，一个人"呼"地一下站到了我面前。他好像已悉知我的行踪，嘿嘿一笑问我："你去看过石头城了吗？"

"看过了。"

"没啥东西吧？！"

"是一座废墟。"

"我说了嘛，啥都没有，是一座废墟！"

我无语，其实找到石头城消失的原因并不难，历史书上的一二百字就足以解决问题，但我希望在石头城中找到答案，那样的话，就可以触摸到它曾经存活的脉搏。

心情郁闷，在草滩上随便乱走。这时，眼前出现了让我感动的一幕。几只鸟儿飞来，在一位塔吉克族女人头顶盘旋鸣叫。她很高兴，抬头望着鸟儿。鸟儿叫得更欢了，她高兴得不能自已，手中的瓦罐"啪"的一声掉在地上摔碎，她全然不知，仍高兴地看着鸟儿。她一脸沉迷的神色，似乎这是无比美好的时刻，碎了的瓦罐根本不足为惜。那只鸟儿飞走时，她还在笑着。

"一个塔吉克族人最喜欢的东西忽然破碎了，她没有哭，反而笑了，你说为什么？"朋友问我，等待我回答。我不知道该怎样回答，这样的情景在我的生活中不会出现，所以，我不知道一个人在那样的情况下为什么会笑？

我没有找到石头城消失的理由，但这一刻却目睹了高原上的一种美。因为在这一刻，犹如做梦一样，我觉得地上的瓦罐碎片像绽开的玫瑰。

当晚，写下一首《美的胁迫》：

我看到了春天中最让我感动的一幕——
一只鸟儿从一个枝头跳到另一个枝头
它害怕把刚刚长出的叶子碰落
它躲让着　不让春天的身体受一丝划痕

这是生命被美胁迫的一种秩序

鸟儿让每片叶子都耸立在安全中

而它的身体却在进行贱卑的苦役
从一个枝头到另一个枝头
它的眼睛被照亮　但它却只看到罪
美胁迫着它　让它爱上世界的罪
并勇敢地将这种罪扛起

春天喂养着这么多叶子
一只鸟儿必须维护每片叶子的尊严
才不至于让自己在春天迷失

这被美胁迫的练习　让春天战栗——
幸福变成了危险　磨难变成了寻觅
罪的舞步　在攀升美德的天梯

冰山之父

　　终于可以去看"冰山之父"慕士塔格峰了。车子开过去，刚下车，便被一股寒风裹住，感觉有冰冷的刀子刺在了脸上。我打了几个寒战，抬头仰望慕士塔格峰，怕无缘贴近这样一座著名的山。细看之下才发现，慕士塔格是一座从下到上由冰裹起来的山，稍不注意，便以为它就是一座由冰结成的山。

　　第一次听人说慕士塔格峰时，很为"冰山之父"这样一个名字而激动，觉得能拥有如此名字的一座山，一定雄伟高大，具有王者风范。来之前曾听人介绍过慕士塔格峰，说它是帕米尔所有山峰中积雪最厚的，每年以十几厘米的速度递增，时间长了，就变成了一座被冰完全包裹的山。离慕士塔格不远是公格尔峰，从体积上来看要比慕士塔格大，却不如慕士塔格晶莹明亮，相比之下，公格尔峰像沧桑的老人，而慕士塔格像洒脱的白衣少年。慕士塔格脚下是卡拉库里湖，天气好的时候，慕士塔格倒映于湖中，让人觉得它俯下身，正踏着湖水向人走近。

　　风在这时候又吹了过来，让人冷得忍不住发抖，但谁也没想到此时的风却像一双大手，很快扯出了高原的另一种风景。因为风的缘故，卡拉库里湖上起雾了，很快弥漫上慕士塔格峰，变成了乌云。太阳似乎很讨厌这些乌云，将光芒照射下来，从乌云缝隙中照射到了慕士塔格峰上。这时细看慕士塔格峰感觉颇佳，阳光投射到洁白的冰面，反射出的光芒像刀子似的向上刺去。这时候，感觉冰峰上有无数兵刃在飞舞，太阳犹如一个指挥者，派出千军万马在慕士塔格峰上搏斗。

几只羊的咩咩声，把我从畅想中唤醒。塔合曼乡离慕士塔格峰不远，所以，乡里的人和牛羊便天天在"冰山之父"下面走动。那些羊在吃草的间隙抬头望一眼慕士塔格峰，畅快地叫上几声。我走到几只小羊跟前，它们朝我欢快地叫了起来。那些肥硕的羊都已长出盘旋的角，不光弧度很美，骨节也显得很有层次，似乎是身体里的力量无以释放，鼓胀成了那个样子。

太阳终于从云层中出来了，天空又变得明亮起来。这时候，大羊全都停下来，一个巨大的影子投在地上，小羊走进大羊的影子，低下头慢慢吃草。此时的大羊像父亲和兄长，长久为小羊站立着。有一刻，它们全都停下来，抬头望着我。我觉得它们信任我，忍不住高兴地笑了。也许是被我的笑感染，它们一起欢叫着奔跑向远处。它们的四蹄在雪地上敲出一阵声响，且泛起一片飘飞的雪粉。等我定睛看时，它们已全部跑过了山冈。一片激荡而起的雪粉像一面大旗，飘飞于天地之间。

当晚，天降大雪。我走出帐篷赏雪。落雪使帕米尔一片寂静，抬头看慕士塔格峰，它一片漆黑。一扭头，看见那群羊正伫立在一座小山的山顶上。它们紧紧挨在一起，像蛰伏的战士。落雪使它们全部变白，稍不留意，就以为是山体的一部分。牧人此时更不知去向。也许牧人们知道羊群会这样过夜，所以在大雪刚下起时已经回家。过了一会儿，雪下得大了，风也吹了起来，我不得不返回住处，在进门的一瞬，我心中闪过一个念头，羊会不会在大风雪中站上一夜。

早晨一出门，我惊叫一声，那群羊果然一动不动地仍站在那里，整个山野一片银白，它们像山脉凸起的骨头。它们整整一夜都一动不动，就那么站在落雪中。它们又给帕米尔增添了一道厚重的风景。

我推迟离开的行程，留了下来。我等到了我愿望中想看到的那个画面——当太阳升起，羊和人都抬起头，久久地凝望着慕士塔格峰。

再次走到慕士塔格峰跟前，已是一年以后，我在一户塔吉克族人家里住了下来。房东是一位六十开外的老太太，她每天起得很早，给我烧好奶茶，还摆上一盘羊肉。一次，她一扭头发现灶膛里的火快灭了，便赶紧到户外去掰柴禾。那柴禾很脆，她很快就掰下一根。掰第二根时，她的手被划破了，而她惦记着灶膛里的火快要灭了，便抱着柴禾急急进来加了进去。她手上的血已经流了很多，但她只是快速把柴禾加进去，让火燃了起来。少顷，她才擦了手上的血，又把地上的血擦干净。她为了给我烧奶茶使手受了伤，我有些难为情，用充满歉意的话安慰着她。她不以为然，一再强调烧奶茶是小事，但火不能灭。她说着这些的时候，扭头看了一眼慕士塔格峰，当时的太阳把慕士塔格峰照耀得通体泛光，她的神情顿时肃然。

接下来的日子里，我有事没事就与她闲聊。慕士塔格峰在我们背后的大雪中若隐若现，我们就这样说笑着，将人生的一切都付笑谈中。偶尔我们也发出大笑，笑声把吃草的羊惊得抬起了头。

几天后，一位牧民的马丢了，他在外寻找了六天六夜，第七天，他牵着那匹马回来了。前面的五天五夜他吃了不少苦，受了不少罪，但仍然没有找到马。第六天早上他爬上一座山的山顶，看到慕士塔格峰时，他内心产生了一个强烈的愿望，在慕士塔格峰下等马，它一定会回来。第七天早上，慕士塔格峰被初升的太阳映照得光芒四射，这时候他听见了马的嘶鸣。他转过一个山头，看见他的马正对着光芒四射的慕士塔格峰一边蹦跳一边嘶鸣，似乎为不能跑上慕士塔格峰而不安。他走到马跟前，用手抚摸着马。太阳慢慢升高，马平静了下来。

这样的事犹如神话，如果不是他亲身经历，我怎么会相信。

我激动不已，爬到高处去看慕士塔格峰。随着太阳升起，有一股柔和的光芒自冰峰流淌向下，把山脚的房子和人包裹在了里面。我目睹和倾听了这些美妙故事，无言的冰山之父，依然如此平静，似乎它是一个大得无边的世界，足以装下一切。

离开时，我没有回头去看慕士塔格峰。我不能回头，我知道回过头去看到的仍是平静。我只能离开，感动并滋养我的，是慕士塔格峰的沉默，是塔吉克族人从高贵转化而成的平静。

离别时，我感觉从慕士塔格峰飘下的大雪，像手一样在我肩头拍了一把。

昆仑山：万山之祖

几只鹰转瞬间已飞出去很远。在天空中，它们仍然是我们平时所见的那种样子，翅膀展开，沉稳地刺入云层，如锋利的刀剑。

——《鹰是从高处起飞的》

仰望

　　喀喇昆仑是一座雄性的山。

　　每次走近它，望着向天际延伸出去的褐色山峰，我便陷入无可适从的惶恐。它像是突然从地上跃起，还没有等你反应过来，就悬在了天上。但即使这座山真的悬在天上，也不能称它为"天山"，真正被称为天山的山在北疆，也是一座雄性的山。

　　就在我为悬在天上的喀喇昆仑山走神时，山上的积雪又展现出另一种风景——积雪似乎在向下压着这座狂妄的山，要阻止它犯错误，让它不要轻易离开大地母亲的怀抱。山坡上呈现出一条隐约的小路，那是羊群踩出的，羊在上面走来走去，像飘动的白云。牧羊人也同样像白云，经年累月飘动在这条路上，他们的目光平静而安详，雪在他们脚下发出细微的声响。如果起风，便有翻卷的沙土扑打过来，像矮人国发动的军队在击打着一座山，但这些矮人国的勇士们是多么徒劳啊，它们舍生忘死扑向一座山，除了尘埃，没有留下别的什么。没有什么能打败这个巨人。慢慢地，喀喇昆仑山变成了一个寂寞的山之国王。

　　有一次，我望得累了，目光顺着山势向下，看见村落凹陷在沙丘深处，周围有白杨树围裹，像一块绿色丝绸。狂妄的喀喇昆仑山和恣肆的沙漠，被这个村落冷落在一边，它像一位矜持的少女，对山和沙漠不屑一顾。细看之下，住在披着绿色丝绸的村落里的人们十分安静，沙砾随风沙向村子涌来，被密集的白杨阻挡在外面，寸步不能入村。而沙砾依然在每天的风中起伏，每一次风起都使它们像马匹一样疾驰，但最终它们仍一一失败。且不可小看披在村落身上的绿色丝绸，它是真正意义上的战士。人住在这样的村庄，是平静、安全、舒适的，每天都受到这块绿色丝绸的保护。

　　那天，我望得眼睛发酸，心里有复杂的感觉升起，它们游移、碰撞，使我变得郁闷。这些坚硬又柔软、雄浑又缓慢、张扬又内敛的景物混合在一起，让我感觉有一支军队正向我冲杀过来，我想转身离去。刚一转身，发现身边有一位维吾尔族老人，他在地上蹲着，看到我便站起了身。我朝他走过去，他表情凝重地笑了笑，用手指了一下一块石头。我走到那块石头跟前停下，它不特殊，就是一块普通的石头。他表情严肃地走到我身边，又用手指了一下那块石头，不动声色地说："石头。""是石头呀！"我觉得这个老人有点奇怪。他再次用手指了一下那块石头说："去年它在那个地方，今年走到了这个地方。"

　　我蹲下身细看这块石头，它光滑、浑圆，细致的花纹呈现着天然美感。它是怎样从去年的那个地方，走到今年的这个地方的呢？突然，我看到一条惊心动魄的痕迹，是一块石头滚动时压出的，似乎还有流水的痕迹。这些欲隐不隐、欲显不显的迹象一下子揪住了我的心，我被如此惊人的事实震撼。我坐在石头旁边，再次抬头向远处张望——正前方的群山依然巍然耸立，犹如已经完工的雕刻。而风挟裹着尘土向山谷深处扑入，如湍急的水流，又像阳光稀释的一种液体，远远地就有一种撩人的快感。远处，一条细小弯曲的小河在积雪的映衬下闪着白光，它是那么细柔和幼小，却显示出一股向前的锐气。

"石头会走到什么地方？"我问长者。

"不走到什么地方。"长者的语气让人觉得他俨然是一位哲人。

"那它……"我疑惑，话便也无法问完。

"它为了成为喀喇昆仑山。"长者回答得干净利索。

喀喇昆仑山！啊，喀喇昆仑山是被一块石头完成的吗？我再次震撼。我知道这是神奇的一刻，喀喇昆仑山像是伸出一双大手，紧紧抓住了我。除了这块石头外，谁还能从喀喇昆仑山脉看出它的移动，它已经存在了无数个世纪，甚至时间也不能阻挡它。还有这些小山峰，虽然它们给人明朗的感觉，但它们却守着脚下的土地，等着你有一天心境明朗时才与你对话，它们是喀喇昆仑山诚恳的小兄弟，经历艰苦而终不改忠诚的守望。

一座山，长成了启发你灵魂的箴言。它在时间的缝隙中留下一条痕迹，等着你有一天走到它跟前，用呈现的方式启发你。

"妈妈托起初生的婴儿，大地隆起珠穆朗玛……"想起这样一句歌词，便觉得一块石头是在为一座山唱歌。一块石头，给了时间一个答案——一座山在一块石头上开始生长。

长成了喀喇昆仑山。

贴近

新藏公路从新疆叶城开始，到西藏阿里结束，是进入西藏的四条线路中最难走的一条，途经海拔 6700 米的界山达坂，那里是新疆和西藏的分界。

在叶城，"阿里"两个字会从零公里的路牌上进入人们的眼帘，零公里即新藏公路的起始地。一看到"阿里"这两个字，每个人都会有临近圣地的感觉。远处，有影影绰绰的山的影子——那就是喀喇昆仑山，是大地向西藏阿里延伸的一条脊梁。

零公里处天地空旷，阿里为走向它的人敞开了胸怀。我们从零公里上路。零公里，多好的称呼，相对新藏线遥遥无期的艰难长途，这个充满新疆风情的地方，散发着一往情深的味道。那条从喀什通往和田的黑色柏油路，到这里像是听到了召唤，分出一条笔直的公路。喀喇昆仑山还远着呢，前面仍是无边无际的沙漠。所以，那条路笔直地深入了进去。

中午的阳光很是耀眼。我又望了一眼"阿里"两个字，心就跳了起来，它恍若珠穆朗玛散发出的力量，对我有一种隐隐约约的牵引。我和老唐、金工在路边对着沙漠撒了泡尿，就从零公里上路了。车没驶出多远，便人烟消弭。大戈壁呈现着宽敞的躯体，天有些昏暗，我心中产生出一缕凄冷之感。但这种凄冷很快就消失了，汽车发疯似的往这条被称为"新藏公路"的深处驰进，平坦的大戈壁向上隆起，过了一会儿，就看见无数座连绵在一起的山，在天空下逶迤成一片。喀喇昆仑山一点一点坦露了出来。我们的车委屈地停住，它或许在新藏公路上只能算一个小数点。其实，在褐黄苍凉的大戈壁上，柏油路一断，一条沙路立刻就出现了。沙路才是大戈壁真正的脚掌，有一种隐隐向前迈动的感觉。但这条沙路一延伸进山中，马上老实下来，像是不愿意再送我们向前挪动一步。这几座山人称"库地达坂"，路在上面盘旋回绕，像一根被折弯的铁丝。车子在上面喘着粗气，像是终于领略到了喀喇昆仑山的厉害。我有一种眩晕感，似乎自己被一根细发垂吊着，一不小心就会掉落进脚下的深渊。爬了四个多小时后，我们的车慢慢到了山顶。在山顶向远处看，喀喇昆仑山脉尽收眼底。积雪的山峰透过来一阵阵寒气，袭人魂魄……

　　下了库地达坂，路依然七折八弯，驾驶员小王嘴上叼着一支烟，紧抓方向盘死死盯着前方。其实，他的右脚一直在工作，路如果直，他便将脚从刹车板上抬起，车子便能迅疾行驶一段；如果要转弯，他便紧踩刹车，慢慢行驶。一路不停地转弯，好不容易到了达坂底下。一问，小王说转了七十多道弯。他打开车窗玻璃，将烟蒂吐了出去。其实，他一路没顾得上抽一口，那烟是自己燃尽的。上山紧张的是坐车人，下山紧张的是驾驶员。

"小王技术挺好嘛。"老唐说。

"跑多了，习惯了。"小王目不转睛，心不在焉地说了一句。待车子行到平坦处，小王才踏实地靠在了座背上，脸色变得轻松了很多。他双手把定方向盘，这才说起了话："其实刚上山的那会儿，也害怕。爬到中间神经就集中了，顾不上紧张，横竖只是往上开。最害怕的那次，我这辈子恐怕都忘不了——送完冬菜回来，走到库地半山腰，山坍塌了。怪得很，我的前后全都落了石头，堵得死死的，就我的车好好的。我一下子就愣了，进不能进，退不能退。前后的战友都停下来帮我，但谁都不敢动车，山上还在落着细土和石头，如果启动马达，说不定就把山坡上松散的石头给震下来了。我们无可奈何，在车上傻坐了半天，等到石头没再落下，大家分工把堵在车子前后的石头和沙土挖掉。挖完后，小心翼翼地启动车向前驱动。就在最后一辆车刚通过那一段塌方路面时，听到山上一声巨响，一块比汽车大好几倍的石头落了下来。路没有经得住那块大石头的重压，就被砸断了。当时那情景真吓人，一条路从中间被砸断，露出一个大口子，像恐怖电影里食人兽的大嘴。那块石头一直滚到沟底。后来，修路的人听说了它干的坏事，用十公斤炸药把它炸碎铺了路基。其实，在喀喇昆仑山上像这样又惊险又幸运的事情很多。人家说，库地达坂是喀喇昆仑山的门户。你只要翻过库地，就等于被关在里面了，一切生死听天由命。"

啊，门户，我们总算是进门了。回首库地达坂，它真是像一块门板，在天空中毫无表情地耸立着，沉重而又冷酷，傲慢而又孤独。

一阵寒气袭来，恍若一只大手用力将什么推了过来。已经进门了，便无须再多虑。门，恐怕早已关死。

雪峰之望

又要上路了。这次踏上的是通往神山的一条神圣之路。我知道这条路一直在等着我，但怎样去走，却一直惶惑。我想，通常人们都把走路当作一种选择，窃以为，走到路尽头，就会成功抵达自己的梦想；而在多数情况下，我们走过了很多路，到头来却一无所获。

上路的一瞬间，似乎另一个自己从身上脱离出去，独自走远。上路的感觉就是这样，总觉得路也在向前涌动。是不是人在选择路时，路也在选择人呢？这次，我要把自己投入到无目的行走之中。我想，没有任何欲念，我可能会更自然地融入西藏的大自然。那样的话，经由遭遇而获取的感受就会更真实、更虔诚。当我抵达神山时，可能会受到一次灵魂洗礼。

雪山就在前面。自雪峰反射过来的白光，像无数雪焰在燃烧。几朵白云从雪峰那边飘过来，我产生了奇异的感觉——白云是无数白色火焰，正在占据整个天空。

车子开始爬山。山路起伏不平，有人在悬崖边堆了很多石头，以便让驾驶员的视野避开悬崖。不知道这些石头是什么人堆放的，只觉得它们像兄长一样，向车子伸出了温暖的手臂。前面拐弯处出现一队骆驼，大概是至今仍沿用的驼队，让人想起古丝绸之路上的艰难跋涉。它们缓慢迈动着四蹄，显得极其优美。正欣赏着驼队的优美，它们却进入一条坡谷不见了踪影，叮当作响的驼铃声也越来越弱，最后终于没有了动静。四周静了下来。骆驼走过的那条路上面，是雪山。任何一条路都将延伸向远处，而雪山却一直在原地停留。

是不是每走过一条路，都有一座雪山留下？

车子下了达坂，驶上一个大平滩。因为温度微凉，顿感身心清爽。这里长满红柳，连褐红的石头上也歪斜着长出几棵。红柳精神抖擞，似乎这块土地只适于为它提供养料。四周仍是一片荒凉，使人感到生命的顽强。

不远处，已是一片赤褐色，无任何草木。所以，长在这里的红柳像不远千里跋涉而来的人一样，走到了生命极致，不可能再向前走动一步。前面的高原对红柳来说，是一个死亡世界。红柳不愿意选择死亡，所以便适可而止，在这个大平滩上停住了脚步。也许它们意识到这是最后的生存地，便疯狂生长，将一块土地渲染成了红柳王国。在这里疯狂生长，最后死在这里的红柳必将无憾，因为它们走到了生命尽头，它们知足了。这决土地上的死亡，与别处不同，因为有那么多朝圣者的灵魂都已超升，在另一个世界飞翔，留下的躯体已无关紧要。正如黎巴嫩诗人纪伯伦所说："当你解答了生命的一切奥秘，你就渴望死亡，因为它不过是生命的另一个奥秘。"

车停下，我采了一根红柳枝别在车子上。别人问，采它干吗？我说，它是祝福。像红柳一样，我渴望自己的生命得到祝福。

整整一天，车子在荒原上行驶。我想起那些朝圣者，他们对这个世界了无牵挂，为了灵魂，为了神圣梦想，把一切都消耗在了路上。行走，行走，再行走，移动的身影就是对灵魂的抵达。

傍晚，我们抵达了一个村庄。村庄里灯火微暗，几乎难辨方向。看着那几丝隐隐约约的灯光，我心头涌起旅人对驿站的渴望。敲开有灯的人家，见是一个小饭馆，走了一天已经很饿了，于是央求饭馆里已经躺下的师傅做饭。刚吃完饭，门外进来两个人，是一对母女，藏族人。她们不说话，只是用隐忧的眼神看了一眼桌上的碗。我发现了她们的眼神，以为她们也要师傅做饭，但过了好长一段时间，她们都没有开口。后来，她们的眼睛里流露出为难之色。我请那位师傅给她们做饭。他说，她们没钱。我说，我来付。趁着她们吃饭的间隙，我问，你们是去拉萨吗？母亲脸上露出迷惑之色，似乎不懂汉语，她推了女儿一把，于是她女儿用汉语回答道，是的。

是去拜佛？

是的。

从女孩后来的讲述中，我得知她的父亲几年前去拉萨后，一直没有回家。她们母女俩准备一路朝拜，去请求佛施恩于她们，让她们一家人团聚。女孩说她们已经走了很长很长的路，只要这样走到拉萨，就可以和父亲见面。她说这些时，双眸熠熠闪光，如同燃烧着一把火。

吃完饭，她们与我们告别。临出门，我看见女孩的母亲从背包中掏出了一个转经筒，摇动着走了出去。

离开小饭馆时，师傅说，两顿饭钱一共是二百元，给她们俩的那顿饭，看在你们的面子上，就免了。

第二天一大早上路，海拔越升越高，头晕、胸闷、呼吸短促等一系列高原反应都出现了。而前面的雪峰却更加明亮，想起那些满脸皱纹、浑身都写满沧桑的朝圣者，他们在高海拔地区就那样一直走着，走到高处时，沧桑就变成了一种美。

中午时，起风了。地上的雪和沙子被吹起，打得脸一阵发疼。风把灰尘也刮了起来，很快，眼前就一团迷蒙。车子只好停在一个沙丘上，走出车子一看，天空无比明朗，只有地上的这团风在呼啸。再仔细一看，这团风并不大，只是在我们眼前肆虐。驱车再行，风在车后跟了过来。司机加速，要把它甩掉，但它却紧紧尾随，咬定车尾不放。风是不是看出我们要向高处行进，所以要跟随我们？抑或它为我们的这种诚心所动，要送我们一程。

后来，风不见了。车子慢慢驶入一片开阔地。还没有来得及欣赏四周的风景，前方有一片奇形怪状的乌云缓缓飘来，湛蓝的天空一经它移过，便被刷成了黑色。它越来越近，越来越大，太阳很快就被裹了进去，几束阳光从云朵缝隙中射出，像怪兽的獠牙。我们加大油门向前行驶，想甩掉这恼人的云朵。

不远处有一个小湖泊，结冰的河面泛着阴冷的光芒，那些暗光转瞬即逝，好一个幽森的世界。一只羚羊昂头站于冰面，待我们的车子驶近，它还是一动不动。大家诧异，下车走过去，才发现羚羊已变成一座冰雕。不知何时，它饥渴难耐，终于走到这个小湖边，一跃而入畅饮起来，然而当它喝足之后，却发现四蹄已被冻于冰中，它绝望至极，昂头悲啸。在它的悲鸣声被风雪淹没后，它最后挣扎的那个姿势便定格于高原。

这里海拔太高，氧气稀薄，有不少人在这里丧命，但也有人在这里看到过红彤彤的火烧云，自天际一直涌至雪山顶上，像是神披着一件红色衣服，正从天宇间缓缓降落人间。我们无缘看到那样的美景，加之又看到一只羚羊已变成一座冰雕，便怏怏离去，这里还不算高，真正的高处还离我们很远，还在生命不可知的某个地方。

又一朵乌云缓缓飘起。

石头

　　总觉得最高的山仍是一块石头。在这条通向阿里的路上，每一块石头都显得冷峻，让人疑惑它们要借助什么飞升而去，最终变成耸立于高处的大家伙。早晨，太阳在山巅抖出一片金光，紧接着便一跃而出。被阳光照亮的这些石头，像打着哈欠似的从一夜昏睡中苏醒过来，一层细灰被风无声地卷起，很快又无声地落在石头上。到了黄昏，太阳又是突然一抖便落入雪山背后，那些石头似乎不能从一天的兴奋中安静下来，好像要脱离喀喇昆仑山飞翔出去。

　　但是能脱离吗？

　　新藏公路是一条了无尽头的天路，无数块石头拥挤在一起，虽然太阳每天抚摸着它们，却并不想让它们飞翔。也许高原这位残酷的老人，已经看出这些石头有着不可告人的野心，所以要压制它们。于是，石头们便一直停留在原地，时间长了便变成岩石。另有一些怀有报复心理的石头，在蓝天下展开身躯，为高原生长出深渊，然后悬立在那里等待着什么一头坠下。它们变成了黑暗中的舞者，抖落尽附在表面的淡色杂质，嘲笑不敢走近它，更不敢向它挑战的人。因此，便总有一些高原人在悬崖边徘徊着又折了回去。他们慢慢走远，一切又平静下来。

"所以，真正的山应该有两种——一种是从低处向高处长起来的高山，另一种是从高处向低处生长的深渊。"有人不无感慨地说。

此时的我们多么幸福，如同一块远行的石头，被什么牵动着，从容地向远处走去。

是谁带来远古的呼唤

是谁留下千年的祈盼

难道说还有无言的歌

还是那久久不愿忘怀的眷恋

歌声中，我们的车子缓缓前行，总感觉被车灯照亮的石头路上，有一双寻找的手，向我们伸了过来。

油灯

　　现在已经没有人用油灯了，油灯伴随人类数千年，电甫一出现，油灯使命便结束了。

　　一次，看到新疆的油灯舞，突然觉得油灯的光芒并未彻底熄灭，留在人们心目中的，是永远留驻的温暖。"油灯舞"源于哈密，是维吾尔族历史悠久的男子舞蹈，在和田、库车等地也有流传。表演时，先准备一只平底陶碗，碗内盛清油和九根棉花灯捻，舞者双手各拿一根小木针，将九根棉花灯捻一一点燃。随后，场内照明灯全部熄灭，舞者仅靠头顶油灯之光，合着"赛乃姆"音乐节奏进行表演。

　　油灯舞是由早年祭奠祖先功德的仪式演变而来，油灯内的九根灯捻，分别代表新疆历史上先后出现过的九个"王国"，即地处现伊犁一带的乌孙，吐鲁番的高昌，库车的龟兹，喀什的疏勒、喀喇汗王国，和田的于阗，以及焉耆、楼兰、叶尔羌汗国。

　　历史能够留存，是因为曾留下了传奇故事，而用油灯的九根灯捻代表西域的九个王国，油灯便也获得了被人记住的机会。

我到新疆当兵后，见到了油灯。

在叶城当汽车兵的那两年，跟随连队沿新藏线上的昆仑山去过几次阿里。新藏线的第一险关是库地达坂，有十余个环绕的急转弯，看一眼都觉得险恶，开车行驶更是紧张，驾车者要不停地左右打方向盘，不论是上达坂还是下达坂，最后都是一身大汗。有时候过往车辆多，排一天队也过不去，熬到天黑，便只好把车停到达坂下，准备第二天早早地上路。有的人着急，凌晨四五点便开车上路，开到达坂下天已大亮，可从容翻越过去。

过了达坂喘口气，才发觉肚子饿，也只有这时才顾得上吃几口早饭。一次，我们一头钻进库地乡的一户人家，本想要一点热水喝，不料赶上他们家煮羊肉，于是每人得到一碗羊肉汤，里面还有几块羊肉和恰玛古，我们把馕泡进去连吃带喝，着实惬意。吃完才发现屋里仅有一盏陶瓷油灯亮着，其微弱的光芒不足以照明。我们是汽车兵，有的是汽油，便想以赠送汽油的方式答谢他们的羊肉汤，不料他们一家人都摇头，原来那盏油灯中用的是菜籽油，他们担心汽油不安全。

细看那油灯，它表面光滑泛光，包浆细腻，尤其是色彩显得颇为鲜艳。我忍不住伸手摸了一下，觉出一股沁凉感，心想这东西虽然流落于山野，但仍是上等佳品。

与一家人闲聊，得知此油灯已经在他们家传了三代，听说库地乡快通电了，他们希望油灯在第四代人终结。问及油灯是否费油，答曰不费，一公斤油用一个多月，一年仅五六公斤油足矣。我因为困惑他们白天点灯，便又问，白天晚上都点灯吗？他们回答，都点，而且点着后从不熄灭，有时候几年都亮着。他们见我疑惑，便又说不点灯不行啊，不然外面是白天，屋子里是黑夜；外面是黑夜，屋子里就是比黑夜还黑的黑夜。我为这样的长明灯惊奇，不料男主人说，这不算什么，在麻扎达坂下面的一户人家，生的一堆火已经连续燃烧了几十年，他们家每天都有人专门负责往火坑中添柴火，有时候把一根木头塞进去，一天一夜不管。这等奇事，着实让我震惊，我想去寻那户人家，无奈无法改变行程，只能打消念头。

女主人为了让屋里亮一些，用铁丝拨了一下灯芯，屋子里陡然亮了很多。她说有一次一只老鼠碰翻了油灯，她担心油灯会被摔坏，便赶紧捡起来细看，好在是有年头的东西，居然无一丝裂痕。油灯无碍，但老鼠却遭了殃，它因为身上沾了油，跑过火坑时引火上身，顿时化作一个翻滚的火球，惨叫着在地上乱窜，最后变成了一团惨不忍睹的焦糊物。

如此古老的油灯，有故事实属正常。

我们离开那户人家，行之不远就到了昆仑山上有名的"三十里营房"，此地自古皆为兵站。民国时，有一队国民党军驻守，与当地百姓时有摩擦。一日，一对男女成婚，军队长官用枪逼迫，欲由他"检查"新娘是否是处女身。新娘不从，一声枪响，新娘弟弟毙命。是夜，人们愤怒放火，让那军队葬身火海。随后，举村迁徙，去雪山后避仇。

又一支军队到达，却屯垦种田、牧牛羊，不损村民宅屋，并时常传出话来：先前部队有错，他们将严谨纪律，与百姓和睦相处，希望村民返回。其时已入冬，山中有声者为北风，无声者为落雪，除此别无他物。村民忍耐不住，加之相信那军队的话，便一一返回。于是和平相处，友好相待。后来某夜，那军队却突然屠村，男女老少皆被杀戮，被烧成焦物。

那军队后被遗忘，多年无人问津。后人民解放军上昆仑山，他们因不知外界变化，以为解放军是他们着新装的同盟，遂对着解放军感叹：何时换了军服，却不通知我们一声？

他们被解放后，或遣散回家，或加入人民解放军。有一人却不回，留在三十里兵站，烧火做饭数十载，后在八十高龄下山，不久便去世。他临终前说出实情，他当年被国民党强行拉壮丁入伍，走时家中有妻，但昆仑山气候恶寒，冻坏了他的生殖器，他无颜见妻，便在昆仑山躲了一生。

昆仑山上有不少很传奇的事情。

我们下山路过那户人家门口，男主人认得我们的车，招手让我们停车，让我们进去喝水。他一边招呼我们一边收拾东西，准备送走我们后去山中放羊。我看见他将一个油灯放进了行囊中，便问他在外放羊用油灯吗？他说，他有时放羊时，便带一盏油灯在身边，为的是在野外露宿可照明。问他带的这盏是老油灯吗？他点头，又接着为我解惑，留在家里的是另一盏油灯，年头比这盏少一些，但也是老物件。我能想象出一位牧民在旷野中点起一盏油灯，羊群围绕在他周围，度过漫漫长夜的样子。对于一盏油灯而言，我们喜欢它的古老和沉默，而对于使用者来说，注重的则是长年累月对它的依赖。那是生活，生活中的温暖总是来自依赖，有了那样的依赖，白天可以不疲惫，夜晚可以不寒冷，然后听风听雪度日，倒也自在。

男主人在外遇到过危险，仍是油灯在危急时刻救了他。一个夜晚，几只狼围住他，用发着绿光的眼睛盯着他，羊群在他身边惊恐乱叫，却被狼眼中的绿光压得不敢动一下。狼本应该攻击羊，却只盯着他，他便明白狼的目的是先把他咬死，再去攻击羊。他情急之中想到狼怕火，便将油灯点着，放在自己面前。狼被灯光刺得惊骇乱叫，后退数步不再近前。

人与狼开始对峙。他有了希望，油灯燃一天一夜不成问题，狼一定熬不了那么长时间。他坦然坐着不动，对狼看都不看一眼，羊群也慢慢安静下来，依偎在他身边一动不动。到了天亮，有牧民骑马经过，狼群受到惊吓窜离而去。他吹灭油灯，终于松了一口气。

一盏油灯有如此传奇，着实让人感动。

我们因为要赶路，便与那家人告别，出门时又看了一眼那盏油灯，不知何故，觉得它闪出的光芒更加明亮了。

之后每经过库地达坂，大家都会去那户人家，喝一碗羊肉汤，说些山上的故事。无论是白天还是黑夜，那盏油灯始终在身边亮着。

军人

1991年12月至1993年5月，我是阿里军分区的一名战士，军衔从列兵、下士到中士；先后担任过连队文书、汽车兵。我们汽车营的驻地在新疆叶城的零公里（新藏线起始点），只能在那里过一个难得的冬天，第二年五月份便要上山，颠簸四天到达阿里首府狮泉河。当时有一句老话：在阿里汽车营，不仅要当汽车兵，还要当通信兵，更要当炊事兵。每次车队上山都要带一部步话机，遇到困难爬上军用电话线杆，打电话求救。

晚上打开携带的被褥露天而宿，虽然铺在褥子下的塑料布可防潮，但不防寒，如果遇上大风，牙齿发颤与大风呼啸的节奏如出一辙。而下大雪则更难挨，第二天早上被子变得像雪堆，有的战士冻得无力从被窝中爬出。

艰苦环境对人的摧残随处可见，我有两位同年兵战友，新兵训练结束后被分配到一个海拔较高的兵站，有一年我从狮泉河下山，夜宿那个兵站时碰到他们二人，一个一头白发，另一个已全部脱发，以至于让我不敢相认。他们准备了饭菜招待我，在离开部队的前一夜，他悄悄开车出去，一直开到库地达坂下面，坐在引擎盖上望了一晚上昆仑山。

那个晚上我们虽然频频举杯，但我却不敢去看两位战友的白发和光头。

新藏线从新疆叶城的"零公里"出发，不久即爬上库地达坂，该达坂即昆仑山在新疆境内的喀喇昆仑山。当地人习惯把喀喇昆仑山简称为昆仑山，而驻防的军人则进一步简化，用"山上"或"山下"简而称之。当年我没有理解山上与山下之说的内涵，多年后才明白，山上的特殊含义是指五六千米高海拔、危险、缺氧、头疼、胸闷、孤独和吃不上蔬菜；而山下则特指氧气充足、安全、轻松和行走自如，即使是叶城那样的小县城，也让下山的军人觉得犹如是繁华都市。

说到在山上吃不到新鲜蔬菜，发生在一位战士身上的一件事是典型例证。他在山上驻防两年，下山看见有饭馆，进去点了三份面：过油肉拌面、芹菜炒肉拌面、蘑菇炒肉拌面。老板说点一份就可以了，不够可以免费加面。他说他知道三份吃不完，但他两年没有吃拌面了，哪怕每份只吃几口，也要尝上三种。

山上有些地方不长树也不长草，军人自从上山驻防便再也见不到绿色。有一位战士换防后下山看到树，车刚停便跳下去要抚摸绿色树叶，刚跑到树下却一头栽倒，年轻的生命戛然而止。由于在山上长期缺氧，呼吸和肺活量已经变异，到了氧气充足的山下，生命反而不能适应，出了意外。

有一年从山上部队下来三位藏族战士，一下车就瘫软在地。他们适应了缺氧环境，到了氧气充足的山下，反而醉氧。战士们扶他们进屋，神情复杂，感叹不已。

氧气，在山上的军人身上引发过数不清的悲剧。一位战士在巡逻中走在最前面，爬上一个山头后感觉有风，便回头招呼身后战友：快来，这儿有风，氧气多！话音刚落却一头栽倒，瞬间坠入悬崖，连队搜寻三天也没有找到他的尸体。在高海拔地带不可激动，也不可剧烈运动，那位战士犯了人在高原之大忌，丧失了生命。

山上海拔最高的是神仙湾哨所，5380 米，年平均温度在零摄氏度以下。换防军人一到神仙湾便气喘胸闷，头疼欲裂，只能用背包带捆绑在头上，以减轻头疼。有一次我去神仙湾采访，从连队到哨所要迈上一百多级台阶，气喘吁吁地用了一个多小时。到了哨所与哨兵交谈，他们慢慢转过身，一字一顿说话。看着他们眼睛里的血丝，嘴唇上裂开的口子，一阵心酸。

一位战士在巡逻中走失，他以为自己是向着连队方向行进，实际上因为错误判断了方向，越走离连队越远……最后战士们找到他的尸体时，看见他嘴里咬着水壶口，壶中已没有一滴水，他在绝望之中渴毙于高原。

山上与山下，并非简单或常见的距离，二者相距一千多公里，中间有无数达坂和雪山，常人不能轻易涉足，而军人则上上下下数年如一日，数次如一回。山上凛冽残酷，但因为与山下构成难以割舍的对接，所以导致山下发生了很多悲怆事件。

有一位中尉干事与高中女同学通信建立了恋爱关系，那女孩从兰州到新疆叶城的阿里留守处与那干事见面，无奈那干事在山上执行任务下不了山，女孩便在留守处等待，等到最后等来了那干事在山上掉入河中溺亡的消息。那女孩返回时悲痛哭诉："我们谈了一场恋爱，连面对面看对方一眼也没有，连手也没有拉过一次。"

留守处有一个邮局，有一位业务员是来自四川的军嫂，她丈夫在山上冻坏了腿，下山后等待部队安置。我有一次去寄信时听她与人闲聊："我们家老李，虽然腿废了，但人还是下山回来了，挺好的！"我见过她丈夫，看上去有不幸中的万幸之神情。

山上有些地方的水不好，长期饮用会导致脱发、掉牙、阳痿等。有一位连长的身体出了问题，本来从山上下来要回家探亲（山上军官都两地分居），却躲在叶城待了几个月，又悄悄上了山。后来得知他无法回去见妻子，只能就那样一年一年躲避。再后来听说他转业后离婚了，可能此后再也没有成家。

曾与印军对峙的边防团驻地在泽普县，每年四五月份换防一次，县上群众夹道欢送，锣鼓喧天，唯有为丈夫送行的军嫂表情凝重，咬紧了嘴唇。换防车队远去，锣鼓声渐熄，军嫂们的脸上都是泪水。有一位军嫂没有等来下山的丈夫，她不能接受事实，每天去路口向山上张望。军嫂们都知道已经无望，但是仍然陪她一起等待，一起默默流泪。

阿里军分区汽车营的老兵，大多已当兵七八年仍然是战士，他们唯一的出路就是等待转志愿兵（即后来的专业士官）。他们年龄偏大，未成家，但在昆仑山跑车，转志愿兵是唯一改变身份的机会。直至现在，他们压抑、焦灼和沉重的神情，我仍然记忆深刻。有一位山西籍老兵，在汽车营当兵八年无望转志愿兵，只能复员回去。在离开部队的前一夜，他悄悄开车出去，一直开到库地达坂下面，坐在引擎盖上望了一晚上昆仑山。天亮后他开车回到汽车营，对营长说，我难受……营长说理解，不追责，边说边转过身擦眼泪。

我们的营长身高一米八几，加之虎背熊腰，声如洪钟，站在队伍前面训话时，胆小的战士会发抖。他弟弟也当了兵，他把弟弟调到汽车营本打算予以照顾，不料弟弟在一次上山运输中遇到暴风雪，好几个脚趾头被冻坏截掉。他带着弟弟返回河南老家，一米八几的人进门后弯着腰，低着头，好像一下子矮了很多。他父亲让他直起腰说话，他吞吞吐吐把弟弟的情况告知父亲，从头至尾都没有直起腰。

有一次，一辆车独自上山运输物资，抛锚后等待救援，严重缺水。正副驾驶员熬到最后，在绝望甚至崩溃之际，突然想到当时唯一含水分的就是尿，于是便用杯子接上自己的尿，闭着眼睛喝了下去。人体如果缺水，承受能力很快就会到极限，甚至还会有生命危险，所以他们只能喝尿。

阿里军分区的汽车兵，从叶城的"零公里"出发，一路经达坂、悬崖、冰河、峡谷、风雪、乱滩和泥沙。行进途中的一日三餐，要自己动手做。那时候只有土豆、萝卜、白菜三大样，唯一的调味品是军用罐头，但那样的饭（基本上都是面条）却越吃越香，多年后才明白是因为当时条件有限，是且吃且珍惜的心理反应。

新藏线上海拔最高的地方六千多米，汽车兵要时时忍受缺氧和高原反应的折磨，到达狮泉河后个个都是土人，满眼血丝，满脸脱皮，嘴唇破裂。有几句经常被人提及的老话，是对他们最准确的形容："死人沟里睡过觉，班公湖里洗过澡。""天上无飞鸟，地上不长草；风吹石头跑，四季穿棉袄。"有一辆车在山上跑了二十多天，下山后停在院子里过了一夜，第二天早上散成了一堆铁。那辆车的驾驶员向连长报告："连长，我的车累死了！"汽车营的车队往返阿里一趟，新兵回到连队后倒头就睡，而老兵哪怕再累也要在院子里坐一会儿，他们暗自欣喜：又一次从山上平安下来了！

奇遇

　　在这样处处是冰天雪地的地方，一只小山羊将怎样独自成长，并奇迹般地存活下来？这个问题与一个叫"甜水海"的地方有关。甜水海这个名字很美，但它却是一片小水泊，而且是咸水，这就让人觉得这个名字有些夸大其词，会误导人以为高原的一片小水泊也是海，而且水还是甜的。但我始终认为起"甜水海"这个名字的人是诗人，要不，怎么能给这个面积很小、水又苦涩难咽的小水泊起"甜水海"这么美的名字呢？

　　高原的水都不是季节河，即使大旱，雪水照样从冰山汩汩流下，在深褐色的山脚流淌，发出哗哗的声响。从第一次上喀喇昆仑山开始，我就发现那些水很寂寞，终年里除了我们这群汽车兵隔三差五地经过外，没有人注意到它的存在。我们这群汽车兵喜欢甜水海，往往一上路就疾驰车轮，加大油门，将一路烟尘撂在身后，为的是早一点看到甜水海清静与幽蓝的美。

　　我们与甜水海在一起是快乐的，有一次在甜水海兵站吃饭，十五个人要了十五碗蛋炒饭，结账时，饭馆的伙计在发票上将一顿饭写成了"一吨饭"，我们看着那个"吨"字，忍不住大笑，走高原的疲惫顿时消失殆尽。

有一次上山时，我们特意买了些柳树苗，待车行到甜水海，便在它四周栽树。那些树像我们一样，显得清瘦而又有活力。经过一阵劳作，高山反应把我们累倒了，大家躺在沙滩上，看着小树苗伫立在水天相接的地方，心情都十分舒畅。躺了一会儿，我们满怀祝福的心情离开。然而，等我们下山时，甜水海四周空荡如故。我们站在那儿不知所措，一群黄羊昂着头盯了我们一会儿，开始用嘴在树坑中拱着，不一会儿便也失望，扬着四蹄跑远了。

就在那一次，甜水海发生了一件有意思的事。那天夜里下了一场大雪，我们连队的一台车不识时宜地抛锚了，大家检查线路、油路，换零件……最终仍无济于事。最后，我们只好留下车下山。那场雪下了整整一个月，那辆车在大雪中也躺了一个月。后来，我们专门请修理工上山修车，奇怪的事情就在打开车门的时候发生了，驾驶室里全是冰，而一只山羊居然不顾驾驶室有冰，在里面产下了一只小山羊。我们打开驾驶室时，大山羊已不知去向。大家伸出手轻轻抚摸着小山羊，那种情景就好像在抚摸一件稀世珍宝。稍微的惊讶和愣怔之后，我们小心翼翼掀破冰，如捧圣物般将小山羊包到衣服中。这天方夜谭似的突发事件使大家兴奋不已，大家议论，它的母亲也许生下它后就走了，这只小山羊在冰天雪地中以这台车为家，一天天存活下来。

这件事让大家非常高兴，一路抱着小山羊回到山下，将它养在连队的院子里，并郑重其事地给它起了名字：昆仑羊。那一阵子，全连人都喜欢它，每天给它送吃的。谁知没几天，它居然死了。大家都在想，是不是属于高原的东西，不需要人为的爱怜。

我这次踏上喀喇昆仑山，第一件事就是专门来看甜水海。当甜水海重新出现在我面前时，我发现它风姿依旧。远远地看上去，它就像一块绿草地，躺在高原的胸怀里。看得久了，便觉得高原有一双呵护灵异之物的大手，甜水海就在这双大手中成长着。那一刻，我变得无比轻松。

面对幽蓝的甜水海，我突然希望自己迷失在一场大雪中，承受一次不为人知的命运变化。

野草

　　我和金工低着头往山谷深处走去，我们的背部被太阳晒疼，风一吹便有一种钻心的痛。这种痛加上迷路的惶恐，让人顿生绝望之感。这个地方宽广辽阔，一旦迷路便不知该往哪里去才好。这时候，惶恐和烦躁便袭上心头，让人感到头疼胸闷，身体似乎也要被一双无形之手撕裂。我和金工不想让自己曝尸高原，便强压着惶恐和烦躁，勉强支撑着身体往远处走。

　　上午，勘察完红山河的营房地基，老唐带车去寻找石料，我和金工好奇，想趁此空余时间在红山河溜达。我们先下到山脚的河套里捡拾花花绿绿的石头，后来跟着几只羚羊进入一条峡谷，出了峡谷，爬上一块石头偷看一只野公羊和一只野母羊交配……等回过神要返回时，才发现迷了路。于是我们俩到处找路，与其说是在找，不如说是在乱闯，闯来闯去，感觉每个方向都有一条通向红山河机务站的路，但都不敢轻易迈出一步。停下休息了一会儿，我俩觉得还得继续找。我和金工像太阳下的小甲虫，缓慢地挪动着身躯。我们无助地望望宽广的天地，觉得还是应该往远处走，走远了，或许会碰到希望。

下午一两点是藏北高原的正午，太阳像着火一样灼热，我和金工先是嘴皮裂开，接着腹内阵阵隐痛。我想到了水，我们车子的后备箱里放了很多矿泉水，但出来的时候没想到会遇到这种情况，所以一瓶也没带。过了一会儿，我们两人实在渴得不行了，便没有了找路的心情，像两只慌张的野狼一样，瞪大双眼向四周寻找，恨不得求老天爷能显灵，突然赐予我们一眼泉水或一条小溪。

在意志快要崩溃的时候，几根野草吸引了我们的目光。金工从地上一跃而起，一把抓住我的手奔跑过去。这几根野草很神奇，在苍凉干燥的高原上居然长出了嫩绿的叶片，甚至还有两个花骨朵已经成形，估计过不了几天，就要绽放出美丽的花朵。我和金工屏住呼吸，缓缓蹲下凝视着它们。一阵风吹来，草迎风飘舞，妩媚婀娜的姿态让我们俩惊叹不已。

"挖吧，下面绝对有水。"金工一声喊，我便将手伸进沙子挖了起来。没挖几下，手指头触到冰冷而又坚硬的东西。一挖，是骨头；再挖，就看得清清楚楚了，是一副骆驼的骨架，驼峰里有水。我们俩停下来，不是因为沮丧，而是被眼前这神秘的一幕彻底震撼。一峰骆驼死后，几粒草籽降落在它背上，在驼峰里永不干涸的水的滋养下，静静地生根发芽，茁壮成长。每一个生命都有永不枯萎的神秘之源，这是藏北高原呈现给我们的神话。太神奇了，我们俩决定不去动那些水，让它继续存留于驼峰之中。我和金工重新将驼骨埋好。我们已经忘记了干渴，似乎有一种圣洁的水在浸润着我们的心。我和金工从一个梦的边缘返回，走在路上我们只说了两句话："那不是野草。""它长在高原的梦里。"

我想，我和金工是幸运的，在这场不大不小的灾难中，我们像两根草一样，目睹了信仰的威严，获取了心灵的力量。我们返回时，是憋着一口气走到红山河机务站的。那几棵草被我们破坏了，但它们已经完成了使命——它们拯救了我们的灵魂，在另一种形式中，变成了圣草。明年，那个地方一定又会长出几株野草，并开出美丽的花朵。

野草永生。

夜之灯

积雪孤独地堆积在山脊上。

有风吹过，我以为会把积雪吹动得飘起来，但积雪却像长在山脊上似的一动不动，风很快便消失了。当时，我们驱车从什布奇返回狮泉河，太阳在乳汁般的光晕中一颤就落下了山。我们一大早就离开了什布奇，行程只有一天，却让人觉得已将什布奇遗忘。什布奇经常被遗忘，它距狮泉河很远，而且路极不好走，很少有人想起要去那里。可能是因为天将黑，我一路上都觉得高原像吃饱了的婴儿，安详地入睡了。好好睡吧，沉睡在某种意义上就是自足。

天很快黑了，高原上的一切都变得模模糊糊，被淹没在夜色中。

后来，月亮慢慢爬了出来。我随意一瞥，发现黝黑的山顶上，积雪被突然出现的一片月光照得白净透亮，比白天还要白，还要亮，还要干净。我仔细端详，发现被月光照耀的积雪，似乎透出一种高贵和矜持。它好像终于从白天的无奈中走了出来，抖落尽浑身的灰尘。不一会儿，山峰便被月光照亮，呈现出白玉般的优雅，那些雪水冲刷出的痕迹，在一丝光亮里显得轻盈而柔美。

我注视着月光和雪山的这一场美之嬗变，感到自己无比幸运，如果不是因为天黑了还在路上，又怎能看到这难得的一幕呢？

我想，高原的夜之灯不是月亮，而是积雪。积雪被月光照亮后流溢的亮光，像水银，又像岩浆，慢慢向下涌动，吸引着我的目光。我看见那片亮光越来越大，仿佛有一片无限大的白色丝绸，要把高原之夜全部遮盖。我有些惶恐，如果亮光全部展开，月亮就会出来，高原之夜就不再神秘了，我多么希望这一美景持续得久一些，让我多看几眼。

但我希望的事情没有发生。那片光亮在快要照亮雪峰时，就不再动了，恍若浑然天造的美，不轻易为世俗而屈身。后来，月亮仍没有出来。我们的车子峰回路转，驶上一片宽阔地。就在我回头的一刹那，月光不知何时已了无踪迹，积雪已丧失所有的亮光，重新回到了黑夜中。

积雪经历了这场熔炼后，也许已完成任务，所以它仍然要与夜色融为一体。而夜色一往情深，抖落开宽大的衣衫把高原遮罩在里面。

夜色中有一个人，因为始终行进在熟知的路途上，而有些伤感。

大雪

　　我们的车子离开红山河十余公里时，驾驶员小王突然想起将眼镜忘在了红山河的帐篷里。驾驶员在高原上不戴眼镜是不行的，于是老唐、金工和我下了车，让小王独自开车回去拿眼镜。阿里的天很奇怪，我们下车时还一片晴天丽日，不到十分钟却阴云骤起，大雪满天飘飞。不一会儿，雪像刀片一样掠击而来，空气对流速度加快，氧气变得更为稀薄。我的呼吸紧促起来，双耳开始鸣响，头上像是有一根绕了一圈的绳子在不停地拉紧，整个头部涨疼、发麻。

　　高原反应开始袭击我们了。

　　老唐走到路上，吆喝我和金工往回走，这样，一则运动着驱散寒冷，二则等一会儿车来了好先上去。但我和金工不想动，迎着风雪每迈出一步，都会有一种要冻僵的感觉。

　　"还是在这儿待着吧，到风雪中去，说不定马上就被冻趴下了。"金工躲进一条沙沟，有些自我安慰地喃喃自语起来。我也不想动，便将身子挤进一面土崖的凹缝，竖起衣领护住耳朵，昏昏沉沉地等待着车子。

"车啊，你快些来吧。"我在心里祈祷。金工被冻得不行了，爬出沟跑到一座石山后面去避风。我的嘴唇发烫，大概是冻裂了。我不敢伸手去碰，一碰弄不好会把皮扯下来。不一会儿，雪更大了，一种快要窒息的感觉在胸间鼓胀，我受不住了便开始胡言乱语："雪啊，你小些吧，求求你不要冻死我，我是个苦命的孩子，我已经吃了很多的苦……"飞雪迅猛得像一只扇过来的巴掌，打得脸生疼，很快我便感到浑身僵硬了。我害怕，又不由自主地祈祷起来："雪啊，你小点儿吧。求求你，千万不要冻死我。我并不是胆大妄为想指点昆仑，我其实胆小，是个天生的老实人。我叫王族，原名王小利，也用过王晓利。雪啊，你听我说，我们家的通信地址是甘肃省天水市北道区党川乡花庙村庙川队，我 1991 年入伍到了西藏阿里，我不当兵没别的办法，考大学不行，不会挣钱。当兵以后，我干了好多事情，先后在部队当过文书，开过车，搞过新闻报道，发行过影视片。现在我是少尉正排，一杠一星，部队最小的官。当兵以后我回过两次家，七年了，老家没什么变化，现在我每次想起老家，就觉得自己的心很疼。"

雪下得更大了，寒冷像柔软的刀子刺入我的身体，我禁不住开始发抖。"雪啊，你小些吧，求求你让我活着回去。你听我说，我从小就命苦，母亲在我刚刚长大的时候去世了。小时候我对什么都不敢幻想，所以长大的我是一个忧郁的人。我十一岁就开始干体力活，砍过竹子，运过木头，种过地……我活到今天，觉得已经把一辈子都活完了。我现在很疲惫，但还是咬着牙在活着，人常说，人生在世，咬着牙就是在抵抗命运。"

雪依然下得很大，我有些害怕，感觉那把柔软的刀子在我身体里转动，我近乎企求般地又开始说："雪啊，你小些吧，你听我说，我把我自小干过的坏事全部向你坦白。我上二年级的时候偷过别人的作业本，后来怕被抓住又偷偷放了回去。上四年级的时候摸过李娜的手，当时我觉得她长得好看。上四年级的时候我向班上胆子最小的琴子借了一块钱，买了一包烟，那是我第一次抽烟，被呛得一天没吃下饭。琴子后来长得很漂亮，胆子也大了，出国嫁给了美国人，借她的一块钱看来是没办法还了。我打过人，看着别人被打得大哭，我的心止不住地发抖。后来，我买了营养品去给人家赔不是。从此，我再也没打过人；我知道，我打别人，难受的也有我自己……雪啊，我干过的其他坏事一时想不起来，求你现在别跟我算账，我以后想起了会忏悔。"

雪依然凶猛，我不敢在雪中挣扎，怕耗尽力气晕过去，我也不敢停止喃喃自语，我担心我的身体被风雪击打着失去运动的能力，只有说话能证明我还能动，还活着。"雪啊，你小些吧，求求你不要把我冻死在阿里高原上。你听我说，我真是活得不容易，一个农民的儿子从农村走出来，就已经脱了一层皮，我伤心过，哭过，抹了几把眼泪之后，发现没有人可怜我，从此后我就用笑代替了哭，别人怎么活我就怎么活。当兵后我给连长送过两瓶五粮液，他爱喝酒，收下酒以后让我去汽车营学开车。后来我又给一位处长送过三袋大米，他不抽烟不喝酒，但家里人口多，三袋大米可以吃到年底。人都说，给人送东西不好，可我不那样做又该怎么办呢？当然后来那位处长给我调换了工作。雪啊，人活着太累，我想办法使自己活得轻松点，难道不对吗？"

　　雪没有一点要小下来的意思。我不停地说着，嘴皮发麻，火辣辣地疼。但我却有些欣喜，只要有一丝热气，就说明我还活着，而且有可能活下去。于是我又自言自语："雪啊，你小些吧，你听我说，我现在在写诗和散文，写作是我活得更好的一种方法。这几年发表了三百多首诗和近一百多篇散文。诗坛现在得病了，我的诗至今没引起什么轰动。散文还行，写得比诗顺手，有一种无心插柳柳成荫的感觉。诗也好，散文也好，还得写下去，丢了这些东西弄不好就丢了自己。当然了，我相信自己能够把诗写好，因为写作中的我变得更真诚。不过我得注意身体了，经常熬夜，一对小眼睛变得更小了。我还得多读书，有时候看到好作品，想想别人为什么写得那么好，就找到了自己的差距。"

　　我一口气说了很多，只觉得积压于心头的沉重被倾吐了出来。大雪一直在飘落，我已经看不清雪片的样子，我只看见自己变成了一个影子，和往事一起在眼前走动。我靠在崖缝里的脊背微微发热，脸上有热乎乎的东西，伸手一摸，是眼泪。我已在刚才的喃喃自语中哭了。我有一种释然的感觉，变得很轻松。

慢慢地，大雪落得稀疏了一些，看样子似乎要停。我擦干眼泪，从崖缝中钻了出来。我像一个经历了苦难，终于走向幸福的人。我甚至有些不能自抑，想挥舞手臂欢叫。我在一场大雪中终于明白，虽然我经历了不尽如人意的事情，但我活得很真实。就像在这场大雪中，在我的精神快要崩溃时，是我的经历像另一个自己一样拉了我一把。人活在这世上，只要顺着自己的意愿认真做一些事情，拥有记忆就够了。活着真好！

雪停了。从远处跑来一群野羊，它们一头挨一头快速跑入了山中。我想，它们中每的一只都是熟知其他伙伴的，所以，它们才步调一致，心心相印，在没有尽头的昆仑高原上前行。它们多么像我啊，在一个大雪天让心灵在高原上奔跑，跑完之后便轻松地站在一条长路上，一抬起头便看见阳光覆盖了过来。我的泪水忍不住又要冲涌出来。这时候车来了，我还将继续往遥远的阿里前进，路还很长，于是，我没有让泪水流出来。

大雪看到了真实的我，而我将一如既往地沉默。

车喻

在温暖的夕照中，我看见多玛兵站门口停着一排汽车，绿色车身泛开丝丝反光，黄昏因而有了令人沉迷的味道。

我曾经有过与一辆汽车共同相处十余天的经历。那一年，我被部队分配去学开车。训练了五个月后，部队给我们每人分了一台车。分车的前夜，我被激动和惶恐搅扰得一夜未眠。我们这批兵担负着特殊的使命——在喀喇昆仑山上跑了二十一年的"解放牌"汽车将交到我们手上，可悲的是，我们却只能驾驶它们跑一趟，这一趟之后它们将不再被使用，永远封存。汽车被封存等于结束生命，而它们在结束生命之前的最后一次行驶，将由我们这些新手来完成，这就不由得让人心生惶恐，它们在风雪喀喇昆仑山行驶了二十一年，最后的句号应该画得非常圆满才对，如果出个差错，那岂不是让它们一生的成绩与荣耀蒙羞！我敢肯定，分车前的那一夜，有许多人像我一样，自尊心和虚荣心都受到了刺激。

第二天，果然有很多人神情恍惚，有的老兵在向别人移交车时居然走神，打了好几次马达也没有成功发动。我最尊敬的老兵杨福林眼含泪花，久久不肯下车。他将钥匙交给我时，掉下了眼泪。他是老昆仑了，有多少次行进在藏北阿里的长途中，别人不敢再动悬崖边的车，是他对众人高叫一声"后事你们看着办"，然后便只身钻进驾驶室。也怪，每次已悬挂在悬崖边的车总能被他开上来。那天，当我从他手中接过车钥匙钻入驾驶室，倏然间紧张得不知所措；那辆车和驾驶过那辆车的人都有非凡的经历，我不知道自己将和这辆车一起完成怎样的使命。

　　总结那批车神圣使命的最后一趟行驶，使我灵魂激荡——早晨，从多玛兵站准备出发时，我突然发现我驾驶的J62-0008号车不见了，我在车场周围几番寻找都没见它的一丝影子。我们都慌了，忙向部队首长报告，在报告的同时，得知该车的原主人杨福林前天出走，至今未归。一听到他的名字，我突然觉得有什么事情要发生。果然，就在我们盼着是他将车开出去的时候，他驾驶那辆车回来了。原来，这位老兵自从把车交出后，整天头昏耳鸣，浑身不自在，好几个夜里居然梦游到了车场大声哭叫。他实在受不了，就开车出去在路上转了一夜……他将车停好，主动向团长请罪，但他拿着电话哽咽了半天，只说出三个字："我难受……"团长是老汽车兵，说："你回来吧，不处理你。"

　　我知道杨福林的心还在那辆车上，一个人不可能和自己的心分离，所以才很冲动地跑了出去。车已与他融为一体，远离了那种整日厮守的日子，他对车的感情变得更加迫切和难以割舍，便做出了冲动的行为。所有的人都能理解他，包括作为老汽车兵的团长在内。

汽车的魂魄是什么？一个人与它共处几载，对它的理解与热爱是不是更为复杂，更为惊心动魄呢？下山的时候，随着那辆车抛锚，杨福林再次显露出他对汽车固执迷恋的情感。他把车的零件一一拆下，又一一在路边摆放好。大家心里明白，让他慢慢修吧，有时候车抛锚对驾驶员来说并不是坏事，他们在拆卸零件时拥有了像指挥家那样的感觉，那确实是一种享受！一个汽车兵如果在驾驶生涯里没有抛过几次锚，他对汽车的感情也就不可能变得深沉。我看见杨富林修车的动作颇具韵味，那一刻，我相信一个在高原开了十几年车的汽车兵，他虽然表面平静，但内心却蓄藏着飞雪流云。

后来，杨福林对我说："开车的人，心在走路。"他真是悟到了家。汽车，这喀喇昆仑山上长久与人厮守的铁家伙，应该有一种灵魂中的行驶。杨福林的这句话包含着对驾驶员命运的概括。应该说，杨福林是幸福的人，他心中的那辆车被诗意化了，是"温柔的钢铁"，他的精神由此得到了安慰。

在那最后一次行驶中，杨福林彻底被情感俘虏，从他身上，我看到了人对汽车的痴迷，也看见了汽车对人的影响。

1992 年 7 月 18 日，分车。至今我牢记那个日子。

那一年，我开始写诗。

鹰是从高处起飞的

几只鹰在山坡上缓慢爬动着，稍不注意，便以为它们趴在那儿纹丝不动。我第一次见到在地上爬行的鹰，有些好奇，便尾随其后想看个仔细。它们缓慢爬过的地方，被双翅上流下的水沾湿。回头一看，这条湿痕是从班公湖边延伸过来的，在晨光里像一条丝带。我想，鹰可能在湖中游水或者洗澡了，所以从湖中出来后，身上的水把爬过的地方也弄湿了。常年在喀喇昆仑山上生活的人有一句调侃的谚语：死人沟里睡过觉，班公湖里洗过澡。这是他们不符实际的炫耀，高原七月飞雪，湖水一夜间便可结冰，人若是敢下湖去洗澡，恐怕不能再爬上岸。

班公湖是个奇迹。在海拔四五千米的高原上，山峰环绕起伏，而班公湖就在这些山峰中间安然偃卧。太阳升起后，湖面扩散和聚拢着片片刺目的光亮，人尚未走近便被这片光亮裹住，有眩晕之感。

现在，这几只鹰已经离开班公湖，正在往一座山的顶部爬行。平时，鹰都是在蓝天中展翅飞翔，其速度之快，像尖利的刀剑一样倏然刺入远方。人不可能接近鹰，所以鹰的具体生活是神秘的。据说，西藏的鹰来自雅鲁藏布大峡谷，它们大多在那里出生并长大，然后向远处飞翔。大峡谷在它们身后渐行渐远，随后出现的就是这无比高阔遥远的高原。它们苦苦飞翔，苦苦寻觅适于生存的地方。

我仔细看了看，发现这几只鹰的躯体都很臃肿，在缓慢挪动时两只翅膀散在地上，像不属于身体的东西。再细看，它们翅上的羽毛稀疏而又粗糙，上面淤结着厚厚的污垢。在羽毛的根部，堆积着褐色的粗皮，没有羽毛的地方裸露着皮肤，像是刚被刀剔开的一样。我跟在它们身后，它们已经爬了很长时间，晨光在此时已变得无比明亮，但它们的眼睛却都紧闭着，头颅也缩了回去，似乎并没有能力度过美好的一天。

我想，它们是不是在班公湖中浸泡了一夜，已经被冻得丧失了生存的能力，所以在爬行时才显得如此艰辛。我跟在它们后面，一伸手便可将它们捉住，但我没有那样做。在苦难中苦苦挣扎的鹰，与不幸的人是一样的，这时候应该同情它们，而不应该伤害。一只鹰在向上爬行时显得很吃力，以至于努力了好几次，都没能爬到石头上去。我真想伸出手推它一把，而就在那一刻，我看到了它眼中的泪水。从鹰流下泪水的眸子里，我看见了一种苦难中的挣扎和屈辱。

山下，老唐和金工在叫我，但我不想下去，我想跟着这几只鹰再走远一点。我有几次忍不住想伸出手扶它们一把，帮它们把翅膀收回，如果可以，我宁愿帮它们把身上的脏东西洗掉，弄些吃的东西来将它们精心喂养，好让它们有朝一日重新飞上蓝天。只有天空才是它们生命的家园，它们应该回到以飞翔的形式生存的家园中去。老唐等得不耐烦了，按响了车子的喇叭，鹰没有受到惊吓，也没有加快速度，仍旧无比缓慢地往山上爬着。

十几分钟后，这几只鹰终于爬上了山顶。它们慢慢靠拢，一起爬上了一块平坦的石头。过了一会儿，它们慢慢开始动了——敛翅、挺颈、抬头，站立起来。片刻之后，突然一跃而起，像箭一样射了出去。几只鹰在一瞬间，恍若身体内部的力量迸发了一般，把自己射出去了。太神奇了，这样的情景完全出乎我的意料，我本以为它们是在苦难中挣扎，没想到它们却是为了到达山顶后才起飞。

几只鹰转瞬间已飞出去很远。在天空中，它们仍然是我们平时所见的那种样子，翅膀展开，沉稳地刺入云层，如锋利的刀剑。远处是更为宽广的天空，它们飞掠而过，班公湖和众山峰皆在它们的翅下。

这就是神遇啊！目睹了这一幕，我心满意足。下山时，我内心无比激动。脚边有几根它们掉落的羽毛，我捡起来紧紧抓在手中，有一种拥握着圣物的感觉。

我终于明白，鹰是从高处起飞的。

阴山之石

我从坡上下去，走到一条小河边抽烟时，不知何故突然想起四个字：阴山之石。细细品味，如果将"阴山"视作《敕勒歌》中的阴山，它就是现实中存在的一座山。在西域，匈奴将诸山峰统称为"阴山"。西域的山大多一年四季冰封雪裹，可谓真正的阴山。

我在心里决定，"阴山之石"将成为我以后的一个书名。

之后好多天，因"阴山之石"引出很多事情。我想起听说过的一件事，阿尔泰山林中有一种盘头羊，其角甚是漂亮，是许多人觊觎的宝贝。但因为大量捕杀，这种羊现在已经很少。奇怪的是，盘头羊知道阿尔泰山已不是理想的栖身地，却并不离开。一次，一伙人用绳索套住一只盘头羊，准备带回去喂养。盘头羊大叫不已，他们只好用衣服蒙了它的头。回去后，它们将盘头羊放在一个四面有墙的院子里。不料，盘头羊一看此处已不是阿尔泰山林，便一头撞在墙上，那两只美丽的羊角噼啪裂断，顿时鲜血满面，不久就死了。

我敬重这只盘头羊，它就是动物里面的英雄！那一双美丽的羊角原本是高贵的，它不愿意让它们落入人手。所以，盘头羊要将它们毁掉。不知道那只盘头羊是不是这样想的，但我愿意替它这么想。

后来，我还是看见了真正的"阴山之石"。在接近界山达坂的一个陡坡前，我被眼前的情景一惊。在半坡上，一块巨石作向下滚动之势，却被一块石头撑住，牢牢地困在原处。当然，由于时间已经很久，巨石可能已经长在了山坡上。这是让人心生敬意的石头，在草木都已死去的干裂斜坡上，它是怎样牢牢扎下根的？当一块大石头滚到自己跟前时，它又是怎样顶住了它？

想起那些信仰佛的朝圣者，他们一步一叩首所要达到的，就是在神山底下祈祷。顶住巨石的这块石头，多么像他们在长路上不声不响的身影！

一位藏族老人走过来，也发现了两块石头的秘密。他将身上的东西卸下，将手持转经筒靠在那堆东西上，然后向石头叩拜。他所看见的石头大概暗合了他心中的某些愿望，他便向它叩拜。然而，他刚叩拜了一下，靠在那堆东西上的手持转经筒就倒了。他伸手将转经筒扶住，放稳固后又弯下腰去叩拜。但手持转经筒还是倒了，而且顺着山坡掉了下去，在一块奇形怪状的石头上"啪"的一声摔碎。老人走过去将经筒碎片捡起，眼泪止不住流了出来。我无法再看下去，赶紧转身离去。没走多远，听见身后有念经声。回头一看，老人将经筒碎片放在那块石头上，正在祈祷念经。

我停下，久久地注视他。老人念完经后，慢慢向我走来。我问他转经筒的事。他笑了笑说，佛在这里等它，它归了佛。我们说起佛的故事，他用手一指对面的雪山说，以前有一个喇嘛走到这里也摔碎了转经筒，他把碎片放在了雪山的一块石头上。现在山上已结了厚厚的冰，那块石头已被封在冰雪中。

真正的"阴山之石"啊！虽然我无法查验故事的来源，更无法目睹那块被封在冰雪中的石头，但这种感觉却是美妙的。它犹如一种力量，推动着感念中的人走向神圣，创造更具神圣意味的东西。

我从包里掏出跟随我多日的手持转经筒，要送给老人，他却拒绝了。他收敛起笑容，表情凝重地上路了。我惊讶地发现，他习惯于握手持转经筒的那只手，在情不自禁地摇动。

界山

汽车爬上一个山头，一个界碑突然出现在了眼前。

这就是界山达坂。

在这里，以山为界，一边是新疆，一边是西藏。从这里开始，藏北高原彻底显示出辽阔的轮廓。西藏是世界的屋脊，而藏北又是西藏的屋脊。所以，藏北是屋脊的屋脊。从新疆延伸而来的喀喇昆仑山，走到这里似乎已经没有了力气，而界山却突兀隆起，以一种迅猛之势向西藏延伸而去。我想，名叫"新疆"的那名运动员已经跑完自己的路，接下来该这名叫"西藏"的队员接棒了。远处，冈底斯山影影绰绰，在云雾中显露出几许雪山的轮廓。

我感到头疼和胸闷，这才想起这里是海拔 6700 米的达坂。车子在界碑前停住，大家下车后神情都有些恍惚，我们已经走完了喀喇昆仑山，接下来该进入西藏了。这个界碑像是在召唤。界碑用水泥浇铸而成，有好几处已经破损，有人在界碑上绑了经幡，一阵风吹过，经幡便随风飘扬，弥漫出几分肃穆之感。

我们默默地看着界碑，谁也不说话。经幡散发出一股神圣的气息，让人觉得它不是一个划界的碑，而是经历过无数宗教仪式的器具，隐约间似乎传递出圣洁的气息，浸润着人的身心。

站在界碑前，心里冒出一个模模糊糊的念头——在这里，仅仅一脚迈过去，似乎就从一种境界进入了另一种境界。一股复杂的滋味在内心蔓延。自己终于站在了有高度的地方，正在经受一场前所未有的洗礼，然后要从这里飞升。然而又觉得界山承受着双重的神圣。人站在这儿，是轻易不敢挪动脚步的——一边是新疆，一边是西藏，你想走向哪一边？或者说，哪一边与你有更深的缘分呢？

迷迷糊糊正要离去，突然飞来一群乌鸦。仔细一看，飞在前面的一只在奋力逃飞，后面的一大群紧追不舍。原来，逃奔的那只乌鸦嘴里叼着一块食物，后面的乌鸦都想冲上去抢夺。于是，一场争夺在高原上展开。那只乌鸦不愿舍弃叼在嘴里的食物，奋力逃飞，在界碑跟前躲避可恶的同类。那群乌鸦对它紧追不舍，哇哇声响成一片。界碑被那只嘴里叼着食物的乌鸦当作掩护物，而追逐的那群乌鸦又把它当成了进攻的领地。

乌鸦们不经意地在界碑左右打转，毫无顾虑，轻松自如。让人看着看着便不由得心生感慨，自然没有界线，生命随缘而安。从一个地方到另一个地方，原本就是很轻松的事情。

眼前的情景就是例证。

阿尔泰山：古老通道

有一位牧民曾说，在阿勒泰牧区有不少人能听懂羊语，羊咩咩地叫几声，他们就能听明白那里面是什么意思。

——《羊看人》

牧道

　　哈萨克族有一句谚语说，牛羊和马能到达的地方，一定会有一个家。这个"家"就是牧场，它在等待着牧民，也在等待着牛羊和马。

　　任何一个牧场，都有水和草。水，可供人饮用；草，可供牛羊和马啃食。游牧民族把这样的地方称为牧场，也是游牧民族的生命依靠。每每走到这样的地方，牧民们各自分开，选一个地方将牛羊放开，让它们去山野里吃草。草已经长出，牛羊们开始了又一次盛宴。

　　为了水和草，多少年来，游牧民族苦苦跋涉，不远万里地迁徙、转场，逐水草而居，在牧场上搭起霍斯（帐篷），开始一年的放牧。慢慢地，一些牧民定居下来，牧场变成了村庄，人群变成了部落。人可以定居，甚至还可以骑着马进入城市，但牛羊的家仍在风吹草低的地方，所以，人们在每年五月，仍要赶着牛羊进入牧场。人们将此时的牧场称为夏牧场，到了冬天，有的人赶着牛羊回到村子，有的人则迁徙到冬窝子过冬，等待春天到来。

　　牧场离村庄或远或近，近的，一两天就可到达，远的，则要走十余天。上路的那天，牧民们将牛羊归拢到一起，沿山道缓缓行进。不一会儿，牛羊踩起的灰尘，在山谷中一团团弥漫，气氛变得热闹起来。平时，人们没有感觉到村子里有那么多羊，此时所有的羊在山谷里汇成一大群，方显示出了羊在牧区的阵容。

　　村里上年纪的老人说，人养羊，羊也在养人哩。牧民与羊之间的感情，外人往往难以理解和体会。曾有一位牧民养了五百多只羊，在牧区应该算一个富人了，但他仍日出而牧、日暮而归，只是简简单单地放羊。

　　作为牧民，每年外出放牧为头等大事。早早地，家里人就备好东西。上路的时候，奶壶、奶桶以及放牧用的东西都系于马背，摇摇晃晃如一座移动的山峰。游牧是人们沿袭了几千年的传统生活方式，走动的羊群带着一个个走动的家。有的牧民带着妻子去放牧，孩子便也在牧场上出生。孩子自小耳闻目染父辈们骑马、唱歌、喝酒和放牧，长大了，自然而然也成为牧民。

　　草场都是阔大的天地，牛羊吃着草，不知不觉就走到了远处。牛羊一辈子不论干什么都靠四条腿，就连吃东西也闲不下来。不像人，吃东西时完全是享受，不用再走动。牧民们对此深有感触，他们说，那些草也是羊的腿，早已经走到了秋天。

看羊过河

　　我来得晚了，白哈巴村的哈萨克族人已经赶着牛羊进入了牧场，在村子里可以见到的零星的牛羊，是因为头数太少而没有能力去牧场的人家的。村子周围的草地就是它们的草场，主人每天把它们赶出去，到了下午它们便自行回来。我看着眼前这些屈指可数的牛羊，听着人们说着牧场的事情，心里有些着急。来白哈巴村，如果见不到哈萨克族人放牧，那该是多么遗憾的事情。还是一位朋友好，他并没有说要帮我，暗地里却一直为我寻找机会。一天，有一辆车要去那仁牧场送菜，朋友请司机吃了一盘手抓肉，便谈妥了带我去那仁牧场的事宜。

　　我简单收拾好东西，登上了那辆212吉普车。司机是哈萨克族小伙子，一上路就与我聊了起来。慢慢地，我便知道他每年都给那仁送货，收入很不错。他父亲现在还在放羊，但他开了车，没有再维持放羊的传统。他的儿子今年八岁，在哈巴河县上小学，以后也不可能再放羊，但他却不小看放羊的人，他认为放羊不只是关乎生计的事情，还有好多其他的东西在里面。

村里人一直就是靠放羊过来的，一下子断了，干别的事情肯定不行。他虽然没有细说，但我却知道他的意思，他实际上说的是，一个民族放羊多年，已经形成了某种文化，那种文化在人们的生活和精神中起到了很大的作用，一时半会儿是难以改变的。这便应了一句谚语：走老路方向不会错，听老话脑子不会乱。

通往那仁牧场的路很平坦，是专门修出来的简易公路。车子行驶得很快，不一会儿便驶出十余公里。我想，牧民们从村子里出发后，走的也是这条路。向司机一问，才知道并非如此。尽管这是一条好走的大路，却容不下多少羊在上面行走，羊群被赶出来后会呈扇面形前行，山坡、河谷和树林都不能阻挡它们，它们的行走是自由的，所以到处都有它们的路。司机见我有兴趣，便又告诉我，我们这会儿走过的十几公里路，是牛羊两天的路程。我有些不解，它们为何走得这么慢呢？他笑笑说，有一句老话说得好嘛，进场慢，出场快，长大的牛羊才实在。原来，进场的时候，牛羊知道前面有好草在等着自己，就本能地加快了步伐，牧民在这时候要想办法压住它们的速度，不让它们冲进草场一顿猛吃，否则的话，它们长出的肉就不瓷实。至于出牧场的时候，则要让它们快速离去，不要再贪吃，防止丢失。

宽阔的牧场，不知道包含着多少美妙的故事。

三个多小时后，我们的车子接近了那仁牧场。我觉得我们走得太快，而且乘车的感觉似乎与赶着牛羊行进有着千差万别，如果能跟随一群牛羊走过这一段路，那该是多么好啊！正这么想着，前面出现了一群羊，一个人骑在马上，身边还有一头骆驼驮着东西。我问司机："这是去那仁的吗？"

"对。"他回答。

机会来了。我让他停车，我要跟着这一群羊步行到那仁。司机有些不解地说："马上就到那仁了，你跟着羊走的话，天黑才能到。再说，我答应朋友把你送到那仁，你半路下去，我吃了他的手抓肉……"

我说："你放心吧。我会对他说明实情。"说完，我下了车。

赶羊的是一个小伙子，听了我的想法后，从马上跳下来和我同行。羊群在我们前面走着，踩得沙子发出细碎的声响。这种声响长久地持续着，让人觉得有更多的羊群在前面走动着。羊群很密集，但却不乱，从后面望过去，它们走动着的身子犹如涌动的波浪。我注意到，一只羊始终走在羊群之外，遇坡它先爬坡，遇河它先过河。羊群始终跟着它行走，它始终在判断着前面的方向和行程。我知道它是一只头羊，正是因为有了它的引领，羊群才走得如此整齐。而且因为有了它在前面开道，走在后面的主人也就不用再操心了。细看它，也没有什么特别的，和羊群中的任何一只都一模一样。我问小伙子："什么样的羊才能当头羊？"

他笑了笑说："任何一只羊都可以当头羊，等一会儿你就知道了。"过了一会儿，那只头羊有了变化，它先是显得有些气力不支，继而就放慢了脚步，羊群随着它的变化也有了变化，显得散乱起来。这时候，羊群中走出一只羊及时接替了它。那只羊充当起了头羊的角色，领着羊群又往前走去。至此，我才明白，当一只头羊累了的时候，总会有另一只羊及时补上。羊群会一直走向牧场，走在最前面带路的头羊，可能会是羊群里的任何一只。头羊因为要观察路线和方向，还要带羊群前行，所以比别的羊要多耗去些力气，而一旦它累了，就会有另一只羊接过重任。头羊，其实不是权力和身份的象征，而是一种无私的付出。

翻过一座山，下了山坡，再过一条河，就进入了那仁牧场。牧场阔大，一眼望不到边。羊群走到河边一一停住了。走了一天的路，它们也累了。河中的水流不小，它们需歇息片刻再蹚水过去。小伙子牵马和骆驼饮水，它们将嘴伸入河中长久地吮吸着，发出吱吱的声响。

要过河了，仍然是头羊先下水。它边探边走，试出一条有石头的过河路。羊群站在河边不动，等着它探出一条河中路。它走到中间时突然一下子踩入深水中，水淹至它的头部，它扑腾几下游了出来，但它已没有力气再去探，只好返回。另一只羊马上又进入河中，它巧妙地躲过了刚才的深水，但没走几步，又在一个石头上滑倒了，它奋力站起，但不得不返回。第三只羊及时踏入河中，躲过前面两只羊陷入过的危险区，又向前走了几米，但它还是滑倒了，被冲出很远，才爬上了岸。第四只羊像是憋着一股劲似的，"扑腾"一声跳进河中，绕过使前面几只羊失败的地方，顺利地上了岸。羊群都已看得明明白白，沿着它们探出的地方一一过了河。四只羊转瞬间你下我上，用头羊的精神探出了一条过河的路。所有的羊上岸后，最后一次探路的羊当仁不让地当起了头羊。

上了岸，就到了那仁牧场，小伙子吆喝一声，羊群四散而开。天已经黑了，我只觉得它们在我面前白晃晃地一闪，就跑入夜色中去了。羊群到了牧场，就等于到了家。我走向朋友给我联系好的霍斯，我将在那仁住上几天。我也到家了。

第二天早上睡得正香，被一声羊叫惊醒。我坐起，听见霍斯外有细密的羊蹄声。羊又要开始新的一天的活动了，此时，它们正往草场走去呢。

刚才发出叫声的，是哪只羊？

牧场

　　"那仁"这个名字起得好。那仁，就是新疆人经常吃的一种面。将面条盛在一个盆子里，再放上羊肉和葱，吃起来颇为爽口。这种饭在维吾尔和哈萨克人家里很常见，喝完酒后吃上一盆那仁，舒服无比。我曾在一位写小说的朋友家吃过一次那仁，他的妻子是回族人，做得一手好那仁。她先将水烧开，飞快地揪面。锅中的汤翻滚沸腾，从她手中揪出的面条如飞雪一般落入锅中，看着让人心颤。那顿饭吃得可口，现在每每想起，仍觉得香味留在心间。

　　将一个牧场起名为"那仁"，可想而知这个牧场的水草之丰美，地域之辽阔。牧民们喜欢吃那仁，又将这个名字贯以牛羊每年啃食的牧场，也可见人感觉出了它们的幸福。那仁位于新疆哈巴河县北部山区相对平缓的山间盆地，背倚一座雪线分明的山峰，是阿勒泰山脉中一块水草丰美的牧场。每年春季，哈萨克牧民赶着牛羊进入那仁，开始一年一度的夏牧。牧场是现在唯一能够体现游牧者生存景象的地方。多少年来，游牧民族苦苦跋涉，不远千里万里迁徙、转场，逐水草而居，在牧场上搭起霍斯，繁衍生息。

每年有十几万头牛羊进入那仁牧场，像石头一样散散乱乱地分布在草滩、山坡和河道上，有人骑马在草地上奔驰，引得牛羊抬起头凝望，片刻之后，便又低下头去吃草。每天早晨，草地上总有一些热闹的事情。牛羊们也许是被明媚的阳光感染，不时地发出欢快的叫声。羊有时候很像人，有时候两头长着同样角的羊走到一起，盯着对方看一会儿，便开始打斗。斗羊是刺激的事情，很快就引得旁边的羊来观战。两头羊谁也不服谁，狠狠地用角撞向对方，碰出"啪啪"闷响。有时候，它们用力过猛，将角也碰掉了。羊斗起来会没完没了，把吃草忘得一干二净。主人发现后，会骑马过来把它们喝开。两头羊不情愿地分开，还狠狠地盯着对方。如果它们以后又碰到一起，还会斗一场，对方已经深深地刻在了它的心里。除了羊，人也会在那仁弄出些热闹的事情。有一年，一位牧民发现有兔子到草滩上吃草，他着急了，对着兔子大喊一声："干什么！"兔子被他的声音吓得蹿起，跑进了树林。他心疼草地上的草，兔子把草吃了，羊吃什么呢？第二天，他将牛羊赶出去的时候，就对树林子吆喝一声："干什么！"也许兔子都被他的喊叫吓住了，再没有一只出来。这些年人们已养成了一个习惯，每天早上都要叫几声。其实，兔子进入牧场也吃不了多少草，甚至可以说，兔子吃的草比起羊吃的草微乎其微，但牧民们却很认真，哪怕就是一口草，也要让羊吃。

羊也懂得爱草，每天下午吃到一个地方返回，第二天一定又从那个地方开始。羊不挑草，碰上什么吃什么。一群羊在牧场上一直吃到远处去，等到秋初要返回村子了，又要把来时吃过的草地再吃一遍。草每天都在长，它们吃过去后，身后的草又长出很高，所以还得回头再吃一遍。羊如此真诚和质朴，就像一个个在田间劳作的农人一样。多好啊，一个生命直接得益于土地的养育，慢慢地，它便与土地融到一起，它身上也会呈现出一些和土地相融后的深刻的反应。

人在牧场上慢慢地也变得质朴起来。因为身处遥远的地域，加之维持的又是一个民族沿袭了几千年的传统游牧生活，所以，这种质朴中暗含着某种真挚和沉着。一位老太太每天都坐在霍斯前望着牧场上的牛和羊。人们都出去了，只有她一个人坐在那里，与霍斯一起组成了牧场上一道独特的风景。也不知道她在凝望什么，反正她在那儿一坐就是一天。人们骑马走得远了，感觉仍在她目光的注视中，一丝温暖便泛上心头。下午，走过她的霍斯前，人们都要向她点头致意。骑马回来的人，不管跑得多快，都要在她面前下马，牵着马走回自己的霍斯。时间长了，她似乎成了牧区文明的一种维系，人们出于对她的尊重，都谨慎地行事，变得彬彬有礼。后来发生的一件事多多少少是对她久坐霍斯前凝望的一个解释。有一天，一位牧民要从一群羊中间挑出一只羊，但羊群庞大，怎么也不能把它弄出来。

她见状，走到羊群旁边，对着那只羊呼唤了几句，那只羊便从羊群中挤出，走到了她跟前。牧民们都想，她每天凝望着牧场，对一些事情早已烂熟于心，也深知羊的心思。

草场在每年都有些变化，牧民们会在进场的第一天注意到哪些地方已与去年不同。有的地方，去年还长有厚厚的草，在一冬天的大风中，有许多沙子堆积过来，形成了一个小沙丘，所以今年就不长草了。有的地方在开春的时候被雪水冲成一条河道，一条小溪在其中悄悄流淌。溪边的草长得好，枝高叶大，是牛羊最喜欢吃的。还有一些地方，去年的草长得不好，今年却长出了好草，似乎是对去年的一种补偿。牧民进场后，第一件事就是看草。他们摸一摸草叶，拔一根草看看草根的粗细，便知道今年的草场怎么样。看草的那一刻，是决定一年放牧收成的时刻。从村子里出来的时候，人们都为这一时刻心潮澎湃。拔出一根草的时候，人们的心就为之激奋或失落。一根草平日里在人们的生活中是没有什么意义的，只有在牧场上才显示出了它生命的重大含义。它直接牵连着牛羊，牵连着牧民，甚至牵连着一个个村庄。去年阿勒泰下了大雪，有许多地方甚至遭了雪灾，但牧民却有了一个好盼头——大雪会让草场在第二年长出好草，熬过一个寒冬，就会迎来一个丰收的年成。我们经常会对着深冬的大雪说，瑞雪兆丰年。而牧民们会在大雪天说，幸福已被赐予，大地在沉睡中接受。蒙古族和哈萨克族都是善于抒情的民族，他们时时能够从生活中提炼出一种诗意。

　　一群又一群羊就这样在牧场上长大，长壮实，繁衍出下一代。羊的繁衍是不动声色的，很快，一个牧民就会拥有一大群羊。羊的生活也是一成不变的，所以，一个人从一开始放羊，直到老去，都感觉始终在放着印象中最深的那些羊。牧民们都很平静，春天把羊赶到牧场，秋天又赶回去；草场是大地的怀抱，草是上天赐予的，羊就这样在平静和从容中被喂养着，成了大自然的孩子。

　　牧场在初春变绿，迎来牛羊，喂养它们，同时也给牧民以殷实的生活。牧场一年绿一次，却绿出了生命的伟大意义。它用自己的生命喂养了更多的生命，印证着万物互相依赖的伟大原则。但从表面看上去，它多么美啊！一片绿油油，一直蔓延向远处，不论多么高的山，多么深的山谷，都不能阻挡绿色前行的脚步。它们每向前迈动一步，就留下一根草，让它扎根，生枝长叶，把牧场装扮得丰盈透彻。

　　这就是大地的青春。

跳入悬崖的山羊

　　这是几天前发生在牧场上的一件事。那天已到了太阳快要落山的时候，那只山羊走进了牧场。当时，西边还有些霞光，将草叶照得透明。牧民们都已将牛羊收拢，有几户牧民的霍斯上空已升起炊烟，空气中浮动着一股奶香和羊肉的香味。这时，一只山羊从山上走了下来，径直向牧民们走来。它长得很高大，通体泛白，被夕阳一照，便闪闪发光。牧民们都很惊讶，一只山羊怎么有敢向人走来的胆子。而它呢，似乎对这些人视而不见，一直将头扬得很高，迈着稳健的四只小蹄走到了一条小河边。牧民们以为它要停住了，而它却一跃而起越过了小河，又继续向人们走去。慢慢地，人们便感觉到了这只山羊的某种态度，它像一个勇敢走向战场的士兵，尽管知道前面有危险存在，但却毫不胆怯地要冲上去奋力一搏。牧民们赶着牛羊进入牧场前，牧场就是山羊、野鹿、野猪等动物的生存之地，人和牛羊进来后，喧闹的声音把它们赶走了。野鹿性情温柔，爬过几座山，越过几条河，就找到了草场；野猪力气大，随便选一个地方用嘴拱开草地，就可以找到吃的。只有山羊性情高傲，且对饮食的要求极高，不找到好的草场不随便将就。牧民们想，这只山羊可能去了很多地方，因对那里的水草均不满意就又回来了。而现在，白花花的羊已撒满山坡和草地，高大壮实的牛更是分布于草场的角角落落，哪里还有它的立足之地。更重要的是，它是山羊，而牛和羊是家畜，它们无法融到一起。但牧民们从它高扬的头和稳健的步伐上断定，它要"收复失地"。这样一想，人们便觉得如果它与牛羊发生冲突，难免少不了一场流血事件。到时候，死的不是它，就是牧民的牛羊。而目前的事实是，它只是一只孤独的山羊，而牧区有成千上万的牛羊，要是一拥而上，足以将它踩成肉泥。牧民们对牲畜有很深的感情，对山上的动物也厚爱有加，是不情愿让那样的事情发生的。

它越来越近，气氛变得紧张起来。有人想朝它喊一声，把它吓走，但还没等开口，它却站住了，望着牛羊，眸子里闪着复杂的光。有一只羊朝它咩咩叫了几声，它也回应着叫，声音急躁而又不安。牧民们想，如果它果真冲向羊群的话，就必须在它刚流露出意图的时候把它拦住。牧民们之所以这样想，主要是出于两方面的考虑：一方面是怕它把羊冲乱，使羊群受到惊吓，不好再收拢；另一方面是因为他们对牲畜怀有本能的一种怜爱，都是动物，何必互相伤害呢！他们不愿意看到牧场上出现死亡的事情。这样想着，人们便屏气凝神等待着它冲向羊群的一刻，但它却并没有冲向羊群，只是静静地站在那儿，久久地望着羊群出神。牧民们想，它虽然是一只野山羊，但与羊仍是同类，它们之间肯定有共同的感应，说不定它们互相凝望就是一种交流的方式，它们的语言就是此时互相凝望的目光。过了一会儿，紧张的气氛慢慢变得轻松起来，牧民们似乎也感到正身处于一种冥冥的对话之中。这种气氛在阿尔泰山经常出现，牛羊、大树、风、河流等，时不时地都会给人带来奇妙的感觉。人的心思被这些东西吸引着，变得浪漫起来。这种时候，人更快乐了，牧场更美丽了。牧民们唱歌喝酒，大多是在这种时候。它望了一会儿牛羊，又望了一会儿牧民和霍斯，突然转身走了。它转身离去的动作像来时一样，稳健、坚决，而且还似乎夹杂着些许高傲。

　　牧民们无言地望着它离去，牛羊也默不作声。一只山羊只是这样走进了牧场，什么事情也没有发生。所以，所有的牧民和牛羊似乎都没有什么具体的反应。但一匹马却被它激怒了。刚才，它望了牛羊，也望了人和霍斯，唯独没有望这匹马。这是一匹还没有被骗的儿马，性烈气盛，忍受不了它对自己的漠视，尤其是它离去时流露出的高傲眼神。它长鸣一声，腾起四蹄向那只山羊追去。牧民们大惊，但却已经无法阻挡，只好看着它冲了过去。山羊回头看了一眼马，也倏地腾开四蹄跑了起来。它边跑边回头向后张望，似含有挑衅之意。马更愤怒了，加快速度向山羊追去。牧民们都围了过来，刚才担心牧场上出现死亡事件，看来这会儿真的要发生了。它们跑到牧场边缘，山羊一看马已经接近自己了，便飞速蹿入林子，向山岩上攀去。山岩奇形怪状，但它却闪转腾挪，非常灵巧地在山岩上跳来跳去，不一会儿便爬上了山顶。马只好在林子边停住，望山兴叹。马只能在平地上施展本事，面对山岩，它寸步难行。很快，山羊已在山顶没有了踪影，而马却仍在下面呆望。也许，它在这时候才真正体会到了一些什么。少顷，它默默地转身而回。牧民们和牛羊都望着它，它低着头，像一个战败了的士兵。

牧民们都觉得这只山羊真是聪明，它知道自己不善于长跑，就选择了陡峭之地攀越。这样，一则摆脱了马的追赶，二则将马置于无可奈何之地。

这件事过去好几天后，又有一只鹿像那只山羊一样走进了牧场。在短短的时间内，事情又像那天一样重复上演了一次。那只鹿也是向牛羊和牧民望了一会儿后便又离去，然后那匹马又追了上去。那匹马也许是想借这头鹿雪洗前几天的屈辱，但它还是被鹿甩在了后面，那头鹿攀越山岩的速度比山羊还快，从几个石头上直接飞跃过去，转眼就不见了。牧民们都责怪那匹马，说它像村里不懂事的孩子一样。村子里对一个人有多大的本事，有严格的衡量方法。比如，你长到现在吃了几只羊，骑过什么马，翻过多少座山，都是有多大本事的标志。牧民们说，这匹马明年无论如何得骟了，不然，它老是干傻事。比如，追鹿，一般情况下马都不会干这样的事情，鹿的灵活没有哪种动物能比得上。在牧区，人们曾亲眼见过一头鹿将一只狼一蹄子踢死。还有一次，一群狼将一只鹿围住，准备合拢后将它咬死，但它却从狼群头顶如流星一般一跃而过，转眼就跑出了很远，狼群被惊得愣怔半天，才有了反应。

过了几天，那只山羊又走进了牧场。也许是因为已经来过一次，加之又战胜了那匹马，它轻松自如地在牧场走动，毫无陌生感，就像羊群中的一只一样。那匹马也许已彻底服了它，对它也消除了敌意，没有再表现出过激行为。慢慢地，它和牛羊变成了朋友，与那匹马更是显得亲近。它每天都从林子里出来，到牧场上吃草，并不时地发出长鸣，那匹马和牛羊只要一听到它的声音便遥相呼应，与它对鸣。顿时，牧场上就会出现非常热闹的嘶鸣声。牧民们看到牧场上出现如此热闹的景象，也颇为高兴，他们觉得一只野山羊慢慢地与一群牛羊融到了一起，是牧业的一种新的生机。

后来，一帮猎人来到了牧场，他们听了那只山羊的故事后对它动了心思。牧民们警告他们：如果谁敢动那只山羊，我们就跟他动刀子；谁让那只山羊流血，我们就让他流血，那些猎人不吭气了。但牧民们却没有预料到他们会偷偷地下手。预料不到的事情，往往会直接导致恶劣的后果。那天早晨，那只山羊刚走到牧场中间，那些猎人就把它围住了，它想钻入林子，攀山岩离去，但那些人早已摸清了它的动机，派两个人死死地把守住了它的退路。无奈之下，它只有向另一个方向奔突，挡他的那个人没拦住它，它便冲出了包围圈，那些人在它后面穷追不舍，一直把它赶到了一个悬崖边，它站在崖边悲哀地嘶鸣着，牧场上的牛羊和那匹马都听见了，应和着发出躁动不安的叫声。那些人逼近，用枪瞄准了它。它停住嘶鸣，纵身跳入崖中……

我到牧场的时候，这件事已经过去好几天了，牧民们时不时地仍要提起那只山羊，牧场上的牛羊吃着草，不时地扭头向悬崖那边张望。那帮猎人早已经跑了，牧民们要找他们算账，他们怕流血，怕死，他们没有山羊那种跳入悬崖的勇气。

有一天，我走到了那个悬崖边，悬崖深不见底，黑乎乎的，似有什么鬼魅在游动。正要离去，却见对面的崖壁上有几朵花，红艳艳地开着。崖壁陡峭，不长一树一木，唯有这几朵花却择绝地而生，而且颜色极为艳丽。

想着那只山羊就是从这儿跳下去的，心便沉了。它跳下去的一刻，是不是看到了这几朵花？

草场的外表

一家人由男女老少组成，一个牧场由居住在不同位置的牧民和到处吃草的牛羊组成。

牧场背后有一个山坡，山坡上有二十多个牧民搭起了霍斯。坡上坡下的牧民加在一起，就组成了那仁牧场。我来牧场有一段时间了，感觉自己已经变成了牧场里的一员，所以，我的心情很轻松，在牧民们外出放牧时便走到牧场后的山坡上乱转，山坡顶后面很开阔，长满了各种各样的草，是牧场之外的一块草场。

第一天到了坡上，我因为无事可干，就骑马在草场上奔跑了一圈。令我惊异的是，我骑的这匹马速度太快，没过几分钟就将在我眼里显得巨大的草场一跃而过，我从马上下来的时候感到很后悔，在那仁牧场这样的地方，不应该快速奔驰，而应该让马缓缓溜达，或者步行，慢慢地把风景收入眼底。

我想，让自己缓慢下来可能会更好。前几天，我经历了一件有意思的事情，在闲散走动中，我忽然被一根不起眼的小草吸引，于是我在它跟前坐下，盯着那些枝叶看了很长时间。我觉得它很有意思，就像一个喝醉了酒在草场上东倒西歪的汉子。草场太外在，绿色又过于明朗，只有这根杂乱的小草让我感到生命的多种可能。我在它的根部添上几块石头，填上一些土，然后用脚踩实。那根小草的影子在那一刻便留在了我心里，让我直至现在都常常想起时间中另一个生命的存在。那几天在草场上闲逛，心慢慢地变得慵懒了起来，几乎忘了新疆还有冰山和大沙漠，等到与那些在这块草场上不拿马鞭、歪骑着马的图瓦小伙子成为朋友后，我终于释然了，隐隐约约地，总感到从一种缓慢的气息中透过来了丝丝醉意。

该怎样面对这样一块草场呢？草场不是草原，但从外观上而言，它同样具备宽广而雄浑的气质。所以，我后悔骑马跑得太快。等内心平静下来了，我放开马让它去自由吃草，然后扭头向远处凝望。只看了一眼，心就一惊。远处，像海浪一样涌起的细草摆开了千军万马一般的阵势，而在它的正前方，一排松树也已摆好了迎战的姿势，似乎要将它们阻挡在原地。在松树的脚下，大片的细草铺开，像是在等待着要大战一场。但这是一场永远都不会开始的战斗，它们就这么对峙着，对峙的过程中，细草一次次涌起又跌落，松树一次一次伸展枝叶又枯黄凋零。在时间的阵营中，无论失败或胜利，它们生命的意义，均在展示中完成。

不远处，出现了山。说是山，其实是缓缓隆起的草场，由于地势起伏得太厉害，一座山几乎像是被大地甩了起来似的悬在半空。山的形状无须浪费笔墨描写，但有一点却不容忽视，因为地势的原因，它的底部凸起得过于突兀，像刀劈斧砍般。但它如此悬立起来后，山顶却平坦得出奇，如果不注意山脚，几乎仍可将它视为平地，那些草从上面一漫而过，把它装饰成了草地。这一马平川的山顶具有一种超拔的气质和境界。高到高处，却不动声色，甚至几近于不存在，而且能够以一种心平气和的态度来对待一切。这几乎是一种看不见的高度。

谁能够让自己也如此呈现于天之下、地之上呢？正疑惑着，有意思的事情在眼前出现了，一群洁白的羊从低处边吃着草，边慢慢走到了山顶。看着羊群，感到它们非常幸福，山顶的那种高到高处仍保持着平和的大寂静，对我们而言是不可能做到的，但它们却轻而易举地融入了其中。

我愿意变成那群羊中间的一只。

枯树

　　别里思汗的霍斯在那仁牧场的边缘，从那仁牧场向上眺望，只能看见他家的霍斯顶，到了坡上就可以看见他家的两座霍斯。坡上的人家住在高处，但牧场的中心在低处，所以，坡上人家干什么都仍要向坡下会集。我发现，坡上人家有向下张望的习惯，有的人一望就是半天。

　　到了坡上，我在别里思汗的霍斯里住了下来，准备过几天坡上人家的日子。别里思汗霍斯壁上有一幅照片，拍的是去年的雪灾：大雪覆盖了一切，牧民们挣扎着从积雪中爬到一块石头上，抱住羊缩着身子向远处眺望着……别里思汗不知从什么杂志上看到了这张照片，就撕下贴在了自己家霍斯里。看着照片，心里一阵阵难受，别里思汗想通过这张照片留住什么呢？快快地出来，迎面走来两个牧民，还带着一个孩子。我看见孩子脚上的鞋子已经开了口，便掏出 10 块钱塞进他的口袋，孩子和大人都因为惊恐，眼睛里浮现出了复杂的东西。看着他们的眼睛，我变得更加难受，不得不赶快离去。现在已距冬天不远了，想起那幅照片，心又疼了起来。

就在这时，我看见了那棵树。坡上实际上干旱无比，那些深深浅浅的沟坎因为长不出草，显得像被刀砍过一样伤痕累累。不远处的山全是褐色的，被太阳暴晒得如同裂开了流血的伤口。几只乌鸦尽管在低低地飞着，但仍然给山谷添了几丝凄凉。

一棵树孤独地立在山口。如果它是细瘦的，只长出不多的树叶，反倒会让人觉得它坚强，然而它已死去不知多长时间了，枝干是黑色的，被大风掀掉皮的地方又触目惊心地变成了红色。由于它所处地势较高，所以远远地望上去，几根细黑的枝干似乎已扎入云霄无法抽出。那几只乌鸦忽然从谷中飞出，怪叫着要落在它上面，但绕树几圈后，却因无枝可依不得不再次离去。扭过头才发现，与这棵树一样的事物太多太多——模糊的霍斯，泥泞的小路，稀疏的行人，裂着伤口的山谷……都已经在一抹赤野苍黄中融为一体。

我在树跟前站了一会儿，便往别的地方走去。我尽管在努力追求着生命的真实与美，在承受着命运中的苦难，但我的心依然需要被美好的东西滋养。我想看到那些茁壮成长的小树。不是因为被这棵枯树影响了情绪，需要借助它们转换心情，我相信，一棵树应该像被歧视后反而更加强悍的民族一样，越是在艰难的环境，越是有奇特的生命现象才对。

我想起去年雪灾过后在牧场上发生的一件事，一只山羊饿得实在不行了，就慢慢地爬上一棵树，用嘴咬住一根树枝从树上跌下，它被摔在雪地上，但那根树枝同时也被折断，它便爬起来去吃挂在枝上的干树叶。如果那棵树在今年活下来的话，一定又长出了新的枝叶。

之后不久的一个下雨天，我又向那棵树走去，不知为什么，我心里一直想着它，似乎有些舍不得。走到它跟前时，整个山谷已被大雨裹住。此时的石头和树木被雨水冲洗得干净了许多，在大雨深处，那棵枯树仍然赤黑。我觉得在迷茫的世界中，它似乎是有生命的。

大雨哗哗，似乎要渲染出特殊的气氛。我在枯树跟前一时无言。雨悄然浓密了许多，村子和草场又模糊了轮廓。我忽然为此时的大雨高兴起来，它像是在用十二分的热情浇灌着这棵枯树。这是一种爱吗？是类似于人一样的一种关爱吗？

我离去时，听到枯树上有声音响起，抬起头，大吃一惊——那几只在山谷中低低盘旋过的乌鸦，不知何时已憩于这棵枯树的枝头，此时被我走动的声音惊起，扑棱着绕树盘旋。我望着这几只乌鸦，还有伫立于大雨中的枯树，一时哑口无言。几分钟后，乌鸦又轻轻落于枯树的枝干，很快，便与树融为一体。

我默默转身离去。一棵树死了之后，成为几只乌鸦的家，在下大雨的天气里，它们都不离开，这是不可更改的一种依赖，也是一种深深的爱。

雨下得更大了。

羊吃羊

　　下雨的日子，牛羊出去吃草，人留下来在霍斯里喝酒、聊天，讲一些以前在牧场发生的事情。

　　在一个雨夜，人们给我讲了一个羊吃羊的故事。故事是这样的，以前有一只羊，长得肥硕壮实，主人很是喜欢它，叫它"一百块"。在牧区，人们一眼就可以看出一只羊值多少钱，被称为"一百块"的这只羊，羊角值5块，皮子值30块，肉值65块。在那个年代，100块钱是个大数字，所以那只羊就像村子里的能人一样很有地位。后来有一天，它突然在草地上打滚，四条腿不停地抖动。羊群正在吃草，被它的举动吓得四散而去。当时所有的牧民都在别的地方，所以没有人看见它突然变成了这个样子。

　　过了一会儿，它从地上爬起，向河边跑去。羊纷纷给它让道，它跑到河边跳入水中，但还是不停发抖。它又从河中冲出，跑到一只羊跟前狠狠地咬了它一口，那只羊嘶鸣一声跑向别处去了。奇怪的是，它居然不再抖了。它摇摇头，感到浑身舒坦了，便又去吃草。但在第二天的同一时刻，同样的情况又出现了，它又打滚、发抖、奔跑。后来它似乎记起了前一天的办法，就又冲到一只羊跟前，狠狠咬了一口，之后果然又好了。

此后这样的事情每天准时出现，那只羊养成了习惯，每次都选一只羊咬一口，才能止住痛苦的抖动。终于有一天，一位牧民看见了它的行为，大惊失色，回去告诉了人们。人们开始议论这只羊。有人说这只羊中邪了，得除去它，否则它会给牧场带来灾难；也有人说这只羊已经变成了狼，不然，它为什么要咬羊呢？幸亏被咬的那只羊跑得快，否则就被吃掉了。

不久，人们就将它的行为告诉了它的主人。那位牧民听了后大吃一惊，羊吃羊的事情多少年来在牧场上从未发生过，现在大家议论纷纷，他感到责任重大，于是便决定仔细去看看，看它到底怎样去吃别的羊。他不相信一只羊能去吃另一只羊。第二天，他藏在一块石头后面，到了那只羊每天发作的时候，它果然像人们说的那样开始打滚、发抖，并很快狠狠地去咬另一只羊。他气极了，好一个残忍的家伙，果真与人们说的一模一样。他从腰带上抽出"皮夹克"（刀子），冲上去将它一刀刺死。它尽管值 100 块，但它如果一天咬死一只羊，没几天他就赔惨了，所以，他毫不犹豫地把它杀死了。

事后，他突然想搞清那只羊到底为何要去咬别的羊，他弄开它的嘴一看，顿时惊呆了，羊的满口牙都有洞……他默默地把它的嘴合上，扛起它到后山埋了。他没有给任何人讲那只羊是因虫蛀牙疼痛难忍，才去咬别的羊的。但因为他什么都没说，后来的事情便发生了微妙的变化，牧民们由怀疑那只羊开始，继而又怀疑他。慢慢地把羊群和他的羊隔开，到了最后便不与他来往了。他很生气，说我把一只100块的羊都杀了，而你们却如此对待我。但他还是不向人们解释什么，在一个黑夜赶着他的羊去了另一个地方，从此他变成了一个孤独的牧羊人。

几年后的一天，村子里有一个人突然牙疼。疼得实在受不了了便在地上打滚，那个牧民走到他跟前，伸出胳膊说，你咬我一下就好了。那个人不明白他为何要那样，犹豫着没咬，他大声说，快咬，肯定能行，那个人就咬了，果然不再疼了。事后，那个人要谢他，他指着被咬肿的那个地方，说，没事，你能把我咬肿，我很高兴，说完，他高兴地笑了起来，人们都不明白他为何那么高兴。

现在想想，人们给我讲着这个故事时，故事的谜底早已被揭开。我觉得这个故事很真实，不是什么传说一类的，一只羊的蛀牙是可信的，牙疼起来后去咬什么东西，使之麻木，也是可信的。那个牧民因为将一只无辜的羊杀死而保持了沉默，甚至甘愿受人们不公平的待遇，实际上是出于负罪心理。这一切也都是真实的。正因为一切都很真实，方使我感到沉重。自从听了这个故事后，我每天在牧场上走动时，碰见一只羊就心里一紧，感觉到它正在吃着鲜嫩的草的时候，蛀牙就会使它疼痛难忍。

碰到一个牧民，我便又忍不住想，不知他在生活中忍受了多少不被外人所知的事情？

羊看人

　　上篇文章中的那只羊就那样被我写死了，我感到心情有点沉重，一只羊遭遇了那样的命运，如果不是在死后被主人发现了满口虫牙，它真就被冤死了。羊来到这个世界，最终的命运就是被人吃掉。造物主不知出于何意，把羊和人的关系设置成了"一者死亡，一者饱餐"。羊死得似乎天经地义，无怨无悔地把自己的肉身奉献给了人，让人果腹。

　　羊显得多么弱小，没有任何可选择命运的余地。人又显得多么霸道，杀羊吃羊，从来都不手软。时间长了，这一切便显得顺理成章，没有谁怀疑这里面有什么不妥。就连人看羊，也已经形成了固定的思维模式，不会从另外的角度去对待羊。羊的生命，成了最终被端上餐桌的几盘肉的简单存在。

　　但如果换一个角度看羊，会不会看到羊美的一面呢？牧民看羊时，有着更独特的感受，他们说，人看羊时就是一头羊嘛，就那么个事情嘛，简单得很嘛。但人不知道羊如何看人，人在羊眼里是个啥，人永远都不知道。是啊，大多数人已经养成了这样的习惯，总是喜欢给事物下定论，似乎觉得对这个世界的一切都了如指掌，其实，人在这个庞大的世界中是多么的弱小啊！人无知无畏，所以胆大妄为。大多数人就这样自觉不自觉地把自己摆在了一个虚无的高度上，沾沾自喜，优哉游哉。相比之下，牧民有时候却能够用一种更朴素的心态来看待事物。比如他们说到羊时，就有比别人更深的感受。他们说，每个人都说是人放羊，其实呢，是羊在放人。羊吃草的时候，吃到哪里，人就得跟到哪里。羊知道哪个地方有好草，它边吃就边往那个地方去了，但人却不知道，所以，人只能跟着羊走；羊还知道哪个地方有水，吃到一定的时候，它自然而然地就向那个地方走去，它不乱走，也从来不会迷路，聪明和有经验的牧民跟在羊后面，总是能够找到水。

有一位牧民曾说，在阿勒泰牧区有不少人能听懂羊语，羊咩咩地叫几声，他们就能听明白是什么意思。在放牧的时候，如果羊走远了，他们就爬到山脊上朝山里喊出一种声音，羊听到后，就会向他跑来。这样的事情往往发生在黄昏，夕阳把余晖洒在草地上，像铺了一层金子似的，羊群就在这层金色的光晕里跑动，浑身闪闪发光。

人懂羊语，可能与游牧生活有关。但人却不懂羊的眼神。有一次，一位牧民正在走路，忽然发现一只羊用一种平时从未见过的眼神看看自己。他走过去，见它的眼神特别镇定，一动不动，静静地注视着自己。他凑到羊跟前，与它对视良久，羊仍是一副镇定自如的神情。他慌了。他不明白一只羊为什么会如此镇定地看一个人。这件事的答案在羊的心里，人永远都不会知道。

后来，他又遇上了那只羊。在看见它的一瞬，他想起了它上次注视自己时的神情，他觉得它会认出自己，会像上次一样投过来一双专注的眼神。那一刻，他有些紧张，远远地等着那只羊走到自己跟前来。但那只羊却没有认出他，扬着头从他身边走了过去。他一下子失落到了极点。紧张的期待和意外的失落，使他如坠云雾，愣怔半天回不过神来。

为什么一只羊在第一次见他的时候，会那样看他，而隔了不久，再次碰到时居然像不认识似的？这个问题可能要在那个人心里装一辈子。

我听人们说着这些事，觉得羊越来越亲切，隐隐约约能听到它们内心的声音。羊是有灵性的。人与羊相处的时间长了，彼此便有了感应，虽然无法面对面地交流，却可以在感应中洞悉对方的心理，在对方的表情上感受出他（它）所要传达出的话语。

过了几天，一个去别处放牧的人回到了那仁牧场，同时，他也带回了一个让人十分惊讶的消息。他是为了让羊吃到更好的草才离开大家的。到了另一个牧场后，他发现那里的草果然十分茂盛，羊群从早晨探下头去，一口气吃到了下午才抬头。牧民们放牧时很注意羊抬头的次数，如果羊抬头的次数多了，就说明草不好，羊老是在寻找好草吃。而羊一直低着头，则说明草很好，它们吃得很专心，无暇抬头。放过羊的人，都知道这个道理。

他很高兴，这么好的草场上只有自己一个人的羊群，吃到转场的时候，它们肯定会长得肥壮，回去后就可以多卖几公斤肉，多剪一些羊毛。在高兴的同时，他又有一点担心，毕竟自己一个人在这么远的地方，万一遇上狼或者什么的，后果将不堪设想。不久，他担心的事情果然出现了。一天下午，一群狼突然包围了羊群。顿时，狼嗥和羊叫响成一片，他站在羊群中间不知道如何是好。但很快，羊群就有了变化，它们像是听到了一个无声命令似的，一头挨一头，在原地转圈。这样，站在羊群中的他就被保护了起来。但他还是很着急，虽然自己没什么危险了，但羊群暴露在了狼的眼前，如果狼向它们发起进攻，它们就有危险了。就在他这样担心着的时候，羊群又发生了变化。它们一律头朝里，屁股朝外，又形成了一个保护圈。他马上明白了，狼一般咬羊时，都先咬羊的脖子，现在羊把屁股对着它们，使它们无从下口。狼围着羊群打转转，过了一会儿，嗥叫着走了。羊群合力围起的这个保护圈，使它们无力突破，只好撤走。他站在羊群中间，目睹了这一幕，犹如目睹了一次草原上的神话传说。第二天，他就收拾好东西，赶着羊群回到了那仁牧场。

晚上，他梦见自己变成了一只羊。醒来后，他哭了。

数羊

数羊是牧民们放牧时的一种游戏。游戏很简单，从一只羊开始往上数，数到 300 只羊就赢了。这只是一种数字游戏，并不用赶 300 只羊到场，一个人碰到另一个人了，想和他赌一赌，就说，咱们数羊吧。两个人中可以有一个人任意选择数羊或监督。选择数羊的人从"一只羊，两只羊，三只羊，四只羊……"往上数，监督的人则标出赌注，你若数到 300 只羊，我就给你一只羊，你要是数不到，就给我一只。一般人都数不到 300，因为在每个数字后面都带有"羊"字，人的思维很容易被分散。也有人数到了 300，从别人手里赢得了一只羊。有一段时间，村里人认为数 300 太多，把数字降到了 200，但后来受到那些数到过 300 的人的反对，便又恢复到了 300。

数羊也是人的尊严的表现。走在牧场上，有一个人突然把你拦住要和你数羊，这时候你不能躲避，如果躲避的话，别人就会笑话你，男人嘛，就是养羊的嘛，连一只羊都玩不起，你以后不可能有更大的羊群。被别人这么一激，谁都会马上去数。

好多人是因为被激起了数兴输了羊的。输了之后，心里后悔，却又无法发作。有一段时间，有人专以数羊为生，把这种古老的游戏演变成了一种赌博，他们掌握了数300只羊的某种方法，总是战无不胜，村里人都害怕他们，看见他们便远远地躲开。

不光牧民在牧场上玩数羊的游戏，白哈巴村里的小孩子也玩这种游戏。他们没有羊，输了之后就用铅笔或作业本抵，他们把一支铅笔或一个作业本说成是一只羊，输了就给，绝不反悔。有一个小孩子的父亲得知自己的儿子赢得了别人的一只羊后只拿回了一支铅笔，感到不公平，便去找那个孩子的父亲，提出要按多年来的传统规矩办事，必须得给他一只羊。那个孩子的父亲二话不说，牵出一只羊给他。他说，我的儿子虽然输了，但输羊不输人，我儿子长大还要成为男子汉呢，一只羊算什么。

要羊的那个人说，我儿子今天赢了，已经是男子汉。两个人一个不服一个，于是便又赌起来，结果，来要羊的那个人输了，那只刚刚到他手里的羊又回到了原主人的圈里，他气不过，向对方说，明天我牵十只羊来，有本事咱们好好数一数。

不料当晚下了一场大雪，他的羊被冻死了好几只，到第二天早上不够十只了。男子汉大丈夫一言既出，驷马难追，他把自己的马牵来，说，用马抵两只羊，我不怕吃亏。两个人站在寒冷的风雪中开始数，你一轮，我一轮，一直数到下午，结果，他把八只羊加一匹马全输了，正懊恼之际，不料他的儿子却欢叫着跑过来告诉他，刚才他和那个人数羊时，自己和他的儿子也在数，结果赢了他们八只羊和自己家的马，他转忧为喜，从对方手中牵过八只羊和自己的马，领着儿子兴高采烈地回家去了。走在路上，他想，战斗了两天，到头来自己不输不赢，这样也挺好。

牧场上数羊输得最多的人是孟多。那几年他运气不好，老是输，越输他越不服气，越不服越输，输到最后，他连一只羊都没有了。别人都不愿和他再玩。有一个人对他说，我们现在有这么多的羊，但你却一只没有，等你有一大群羊了再来和我们数吧。孟多痛下决心，开始养羊。他的羊群到了几百只的时候，他已从年轻人变成了中年人；羊群到了一千多只的时候，他又从中年人变成了老年人，但他却还不去和人数，一直等羊群上了两千只。这时候，他再去找那几个曾经赢过他的羊的人，但他们却早已死了。细细一问，才知道他们自从有了从别人手里赢来的羊以后，就不再去干活了，过一段时间宰一只羊，吃完了便又去宰，最后，坐吃山空，到老年的时候，日子过得极其贫穷。孟多感慨万千，这世上从来没见过谁靠数羊能拥有一大群羊，而真正拥有羊群的人，都是像自己这样勤勤恳恳靠劳动所得。之后不久，孟多突然记起了一件事，在年轻的时候，他曾欠过一个人一只羊，当时自己曾许下诺言，等以后自己有羊群了，一定还上，这么多年过去，人家从来都没提过此事，他感到很愧疚。他从自己的羊群中挑出十只最肥的羊赶到那仁牧场去找那个人，但那个人却早已搬到别处去了，谁也不知道他的具体地址。孟多后悔至极，没想到自己活到老，却无法偿还欠别人的一只羊。如果能找到他，孟多一定要把这十只羊给他。想想现在自己拥有了这么大的羊群，却一直欠着别人的一只羊，这件事也类似数羊一般，自己一口气从一数到了300，但最后自己还是输了，因为欠别人的一只羊再也无法还了。

　　走在牧场上，孟多又见到了一对对数羊的人。他从他们身上看到了自己当年的影子。人们一天天过着日子，数羊这种传统的游戏，仍将被人们视为生活中的一种秩序、一种竞争，一种显示着人的尊严和信用的独特的方式；人们自觉遵守这个游戏的规则，这个游戏也相应地激活了人们的生活。那一刻，孟多才知道数羊这种游戏是多么有意思的一件事。

　　一只羊被数来数去，一会儿是你的，一会儿是我的，羊没有变，人也没有变，只有一场游戏在变。这种情景正应了那句老话，人生就是一场游戏。

女神枪手

一个人把牛羊赶到牧场上，他就成了一个牧人；一个人把一棵树砍倒，建起自己的房子，他就有了自己的家；一个人把几块布缝到一起，他就变成了一个裁缝；一个人把山上跑的动物用枪打倒，把天上飞的鸟儿打落，他就成了一个猎人。

买根合斯是一个女人，但她却成了一个猎人，枪法出神入化，百发百中。那时候，村子里有牛羊的人不多，就是有牛羊的人，也仅仅能维持生活，没有多余的牛肉和羊奶。买根合斯家境贫寒，自小便失去了父母，因她是家里的老大，自然就承担起了家里的一切。

父亲去世时，留下了一杆猎枪，买根合斯长到16岁，就扛着猎枪出去打猎了。16岁的女孩正是花季的年龄，但她却过早地肩负起了生活的重压。穷人就是这样，家里的任何一个微不足道却能对生活起到作用的东西，都会在某一时刻被重视起来，重新发挥出作用。买根合斯的父亲虽然只留下了一杆猎枪，但它相对生活而言有具体的指向性，所以，买根合斯便成了一个女猎手。有一杆猎枪，就得去打猎，打猎就得有人。生活其实就是这么简单。

买根合斯第一次打得的猎物是一只鸟儿。她瞄准了它，刚要扣动扳机，它却猛地扑棱棱飞起，蹿上天空。她的枪随之抬起，"啪"的一声将空中的鸟儿击落。打空中的鸟儿，在猎手中属高手，被誉为"飞枪"。买根合斯第一次打猎，就成了"飞枪手"，村人大惊，但她却不知其中微妙，仍每天去山上那样打猎。她只知道，多打一只鸟儿，弟妹们就可以多吃几口肉，就不会在半夜被饿醒，至于"飞枪手"之类的名声，她并不知别人要经过多么艰难的苦练和猎杀才能达到。看她每天都那样打鸟，猎手们禁不住好奇，向她询问其中缘由。她笑着说，把鸟儿盯紧，它飞多高，人的心便也飞多高，枪就要伸多高，全凭心里的感觉了。猎手们惊异不已，谁也没有料到，打飞枪的秘诀原来在此，而且被一个小姑娘一语道破。

弟妹们吃着姐姐猎来的东西一天天长大。他们也不知道，如此简单和艰辛的生活，是靠着姐姐神奇的枪法在维持。买根合斯因为是女孩子，不能到山林里去猎杀大动物，只能打一些天上飞的鸟儿和地上跑的小动物。买根合斯的名声在白哈巴村已经很大了，但因她耽于对贫困生活的承受，于她自己，倒没有丝毫的愉悦之感。

慢慢地，弟妹们长大了，每一张嘴所需的东西比原来要多得多。买根合斯在冬天也不得不去打猎。她滑雪去打鹿，冬天雪厚，鹿在雪中跑不动，容易猎杀。滑雪是个力气活，而且时时有摔倒的危险。她就在膝盖和手腕上套上马皮，万一摔倒了，可防止被石头碰伤。雪地里经常有狼出现，她在雪中设下弹箭，狼碰到伏在地上的细线，箭射出，穿透狼身。鹿和狼的肉尽管不怎么好吃，但在寒冷的冬天，却可以勉强充饥。

后来，弟妹们长大成人，买根合斯也到了出嫁的年龄。她选了一个打猎毫无名气但诚实本分的人做了丈夫。成家后，她不再去打猎，把那杆猎枪送给了丈夫。奇怪的是，那杆猎枪在她手里好使，到了她丈夫手里，却连一只猎物也打不到。人们由此相信，任何一个行当，奇迹的产生均在不经意处，哈萨克族人多少年来从未有过一个女子打猎，一旦有了，便让人惊讶不已，打的是常人不敢奢望的飞枪。

买根合斯到老再也未打过一次猎，她倒是用过一次那猎枪，但仅那一次，从此她再不去碰它。他的儿子长大成人后，也去打猎，苦苦练习射技，却苦于不见长进。一天，他缠着娘给他传授打飞枪。买根合斯便拿起枪，向空中飞翔的一只乌鸦开了一枪。枪响乌鸦未落，她握着枪半天不说话。儿子在那天突然不愿意再去打猎了。买根合斯笑笑，没说什么。

听人们这样轻描淡写地说着买根合斯的时候，我总觉得这里面其实包含着她的一种乐观的生活态度。我宁愿相信，就像她最后一次打鸟没打中，但却无动于衷一样，她早年为养家糊口艰辛打猎，可能时时会沉浸在"鸟飞多高，人的心便也飞多高，枪就要伸多高"的奇妙感觉中。她在年轻时有许多独特的感觉，到了老年，她的感觉变了，心不能随鸟儿一起飞高，枪自然也就打不准。

在这样遥远的地方，快乐会不会使一些事情变得更加神奇呢？

金子丢了

　　卡得罕医生在那仁牧场开了一个诊所，很少回村子里去。说起卡得罕，人们总免不了要讲他的一个笑话。村里的哈萨克族人和蒙古族人一样，都喝煮茶。抓一把茶叶放在壶里，加上水，在火上煮。煮出的茶水喝完后，可以再添水，一遍一遍地煮。煮到最后，茶叶便胀满了茶壶。卡得罕也有喝煮茶的习惯。一天，他小儿子的一只鞋不见了，找来找去也不见踪影。过了两天，他煮好茶往外倒，却怎么也倒不出水。他揭开壶盖一看，只见小儿子的鞋子已被煮得膨胀了几倍，将壶口堵死了。村里人说，卡医生喝了几天鞋子茶。他笑着说，味道好呢，不信你们也煮一只鞋子尝尝。村里人谁也不去尝。他便又说，你们不去尝，永远都不会知道那是什么味道了。

　　说到卡得罕很少回村子，大家都说他是被气的，卡医生已经为爷爷把金子丢了生气几十年了，气得实在没办法了，就跑到那仁牧场了；他在那仁挣的那几个钱并不是他看重的，他只是想躲开人们的议论。如果那些金子不丢，卡得罕现在应该是很有钱的人，但他爷爷因为记性不好，使那一大批金子再也找不到了。

关于那一大批金子的故事，说来话长。当年，俄罗斯和白俄罗斯打仗，祸及中国边境的百姓，他们纷纷向和平地带潜逃。卡得罕的爷爷在潜逃中，迷失了方向，跑到了西伯利亚。看着那里奇特的地貌，他才知道离阿勒泰已经很远了。他不敢怠慢，多方打听返回的路线，决意要返回故乡。正在这时，他意外地得到了一批财宝。两个沙俄资本家决斗，恰逢他路过，便让他做证，输家的财产归他。他按照蒙古人赛马的规则让他们决斗，其中的一个资本家将另一个资本家杀死，他得到了后者的金子。他携金子从西伯利亚上路，经过一个多月的行进，终于回到了中国。此时，他租来的人早已因难挨长途困苦不辞而别，买来的马已死去两匹，只剩下一匹可勉强驮东西。他咬咬牙，向布尔津方向继续前进。到了布尔津的红木河边，他终于松了一口气。在河边休息了一天，他将那些金子埋到土中，做了记号，骑着马回到了白哈巴村。他半年在外流浪，家里人已望眼欲穿，见他突然回来，都万分高兴。安静了数日，他便给家里人讲了携金子回来的事情。家里人高兴至极，牵着马，扛上工具，便去取宝。然而到了红木河边，他却找不到埋宝的地方了。他留下的记号，也没有丝毫踪迹。一家人找了一天，到天黑，便失望了。第二天，全家人又燃起希望的火焰，沿河岸向前挖开去，一直挖到两条河的交汇处，仍无半点收获。第三天，他们仍不死心，用兔子搂草式的方法把可疑的地方挖了一遍，但整整一天仍无收获。家里人都怨他马虎，那么多金子，怎能埋到土中，说不定，他埋的时候，刚好有人在旁边看见了，他一走，人家就取宝而去。他什么也没说，牵着马，默默离去。

消息不胫而走，好多人都去红木河边寻宝。而卡得罕的爷爷却从此背上了一个糊涂和运气不佳的名声。本来，他颠簸流浪半年，最后完好无损地回到故乡是一件大喜事，但因丢失财宝而生出的遗憾却将这一切都遮掩了。人都是无法抗拒欲望的，而一旦欲望无法实现，尤其是与可触可摸的欲望擦肩而过，人便忍不住要遗憾。人在遗憾的时候，是不会轻易生发怜悯之心的。

无独有偶，过了一段时间，又有一个人从西伯利亚逃回了村子里。他与卡得罕的爷爷一前一后走的是同一条道路。他因为没有像卡得罕的爷爷得金子又失金子的经历，人们都为他死里逃生而感动，他和家里人也全都沉浸在分而又聚的欢乐中。卡得罕的爷爷看着别人高兴的样子，心想，早知如此，自己就不带那些金子回来了，弄到现在，富人当不成，连穷人应该享受的欢乐也没有了。

卡得罕自小跟爷爷长大，对这件事深有感触。他说，爷爷其实不贪财，他一辈子没有什么过分的欲望，是一个朴素的人。他力气很大，一百多斤的木头，扛着就走，自从丢了金子后，村里人的议论影响了他晚年的生活，他变得不爱说话，不和村里人来往了。就是现在，自己在那仁牧场开诊所，很少回村子里，好多人认为自己是因为遗憾和生气不愿回到家里去。村里人的嘴真是不好，这么多年了，还在议论这件事。其实，爷爷千里迢迢回归的精神，大家都是很佩服的，换了现在的人，恐怕就回不来了。

是啊，卡得罕的爷爷历经千辛万苦回归的精神里，其实有比金子更重要的东西。如果不是与一批意外的财宝相遇，他就成了村子里的一个英雄。一切只因为这件事太过于离奇。在这么遥远的一个村庄，多少年不出一件这样的事情，一旦出了，就会使村里人激动。卡得罕的爷爷已去世很长时间了，但村子里还没有发生可以替代这件事的事情。所以，人们可能还会议论下去，卡得罕可能还得在那仁待下去。

金子丢了，人不知道该怎样回家。

水和草的光芒

树是为天空生长的，草是为大地生长的，只有大地上的河流是为自己而流动的。

现在我要写写牧场的水和草。其实，牧场是水草的代名词。一个地方只要有水有草，不管它有多小，都可以成为牧场，甚至陡峭的山坡也可以成为牧场。只要有好草，羊不怕费力气，总会慢慢走过去吃。牧民们说，羊上坡时吃的是抬头草，下坡时吃的是低头草；羊的脖子是活的，没有什么草不能吃上。至于水，流到哪里，哪里就长草。那仁牧场有一条小河从草地中心流过，阳光每天都把它照亮，远远地看上去恍若一条丝带。这条河的功劳不小，养育得牧场青草茂密，也使伫立于河边的松树长得笔直高大，像一排排守河的士兵。

牧场在牧民心目中的地位是至高的，故首当立传。而牧场的水和草直接起到了维系牛羊生命的作用，故而笔就应该直接落到水和草上。

先说水。

像高原所有的水一样，那仁牧场的这条河也是雪山上流下来的雪水汇成的，河水流量不大，但却冲开了一个很宽的河道。因为河道平坦，故水面显得很平静，就是坐在河边也感觉不到它在流动。河床也很宽，我在远处以为一步可以迈过去，好不容易走到跟前，才发现它有三米多宽。它在人的视野中之所以显得窄，主要是因为被阔大的牧场映衬得小了。

我坐在河边看水。水清澈见底，河底的沙子似乎随流水在移动，但好长时间过去了却并没有移动多远。有几条小鱼从水草中游出，撞入我投在水中的影子里，一惊，便快速逃走。此时四周已安静下来，隐隐约约地，我听到了水声。一条表面上趋于平静的河，发出的水声是隐隐约约的，但却很紧密，似乎有无数双脚正在一个看不见的地方行走。

任何一条河都有它的故事，那仁牧场的这条河也不例外。格尔林告诉我，在很多年前，人们赶着牛羊到处寻觅草场，但都不能找到如意的。有一天，牛羊突然像是听到召唤似的，齐刷刷改变行进的方向，一律钻入一片树林子。人们要把它们拦回，怎么努力也无济于事，只好让它们在树林里穿行。它们像是早已明确方向似的，排一列整整齐齐的长队穿林而过，又翻过一座山，才站住出神地望着前方。牧民们赶过去一看，眼前是一片广阔无比的草地，有一条小河在中间流淌。好牧场！牧民们发出了感叹，羊群咩咩叫成一片。少顷，羊群从山坡上冲下来跑到了河边，牧民们以为羊要饮水，但它们却站在河边不动，望着河水出神。牧民们明白了，是这条小河的流水声把羊引过来的。

羊会听河。

尽管这条小河只发出了隐隐约约的流水声，但羊会听，隔着一座山、一片树林，羊就听见这个地方有一条小河，并由此判定此处有一个大牧场。所以，它们便自己选择了道路，选择了能维系自己生命的一块牧场。牧民在这种时刻已经失去了管制羊群的权利，只能跟着羊翻山过林。这便应了村里那些上了年纪的人说的一句话，羊有时候在牧场上也放牧人哩。这是人们首选那仁牧场的一个重要原因，尽管有些神奇，但又很深刻，它说明了生命与大自然互融的确切与美丽。

后来，关于河的故事便越来越多。人们最为惊奇的就是这条河坚持在河道中流淌的故事。牧民们每年春天进入牧场，而春季正是雪山化冰的时期，所以这条河里的水便时大时小。有时候，水突然就大起来，从河道中溢出，顺渐陡的地势漫延。这时候，一条河便变成了几条河，新的河道出现，旧的河道反而没有水了，干干地被弃在那里，像断裂的骨头，看着骇人。有时候，大水在半夜涌下，哗哗的水声使羊群变得躁动不安，它们开始咩咩乱叫。牧民们说，现在流下来的水是下午的太阳晒化的冰水，上路晚，所以到了晚上才流到了那仁。第二天，草地上就会出现新的河道。出现新河道的日子，羊都不去远处，只吃近处的草。有羊不小心吃到河边，被水惊吓，猛地转头就跑，似是对水很恐惧。

再后来，牧民们发现了一件很有趣的事情。每次雪水流下来后，不论冲出多少新河道，但最终仍要归于老河道。那些水流上几天后，像是终于听到了什么召唤似的，仍回到旧河道去。旧河道很快就恢复了昔日的神采，在阳光中如一条起伏的丝带。这是一件很有意思的事情。牧民们就等着河水闹腾一番后，又归入旧河道。一次这样，二次这样，最后便次次都这样。慢慢地，牧民们便为河水的这种执着而感动了，他们觉得河水像村子里的一个人，那个人有一年放牧把羊丢了，找了好长时间，别人都以为找不回来了，但他却坚持天天去找，终于将羊全部找了回来。

河水的变化，人在看，羊也在看。任何一种东西，你长时间地去注视它，慢慢地便会被它的某些特征感动，在心灵上有所憬悟。有意思的事后来发生在一只羊身上。那天，雪山上的冰水突然涌下，顷刻间在牧场漫延，将路都淹没了。一只羊在慌乱间被堵在一个死角，无法回到羊群中，水越来越大，眼看着它就要被淹没，牧民们都为它捏了一把汗，但它却很从容，向四处看了看，扬蹄一跃跳入旧河道，它站在水中一动不动，好像在等待着什么，果然，水慢慢地涌入了新的河道中，旧河道中的水始终是那么多。它站在那儿一动不动，等着大水过去。下午，水小了下来，新河道慢慢显出石头和沙地，那只羊从水中出来，又开始吃草。牧民们都很为这只羊高兴，它在危难来临的一刻，能够从容地选择旧河道保护自己，真是聪明。

再说草。

前面已经说过，那仁牧场的草好，在阿尔泰山是出了名的。好草必养好羊，所以，在那仁牧场长大的羊皮毛柔软，肉鲜嫩，而且长得壮实。阿尔泰山富饶，被誉为"金山银水"。而阿尔泰山又是大牧区，所以有人戏称阿尔泰山的羊走的是黄金大道，吃的是中草药，喝的是矿泉水。牧民们对草的感情很深厚，除了草喂养了牛羊以外，大概还有一种感情在里面。一天，我看见一位牧民蹲在一个地方在用手刨着什么，好半天都不离开。我走过去，见他神情专注，双手小心翼翼地在刨一株草周围的沙子。我问他："你在干什么呢？"

他说："我在帮这株草。"

"你怎么帮它？"

"去年的风调皮得很，刮到这里，不光刮来了雪，还刮来了沙子，把好好儿的一株草给埋住了。草的力气小嘛，我帮它一下。"

"它今年能长出来吗？"

"能。能长出来。去年它在嘛，喂了我的羊，今年我们不能不再见面。"

我不再问他什么。一个牧民已经细致到了这一步，外人就不能再打扰他什么了。他知道一株草今年没有长出来，就用手把压住它的土刨去，在他心中，牧场和牛羊一定会有更确切的位置。

细看那仁，几乎是碧草连天。这是一个草的世界。这个世界是一个许多细微物的集合体，庞大由细微完成，伟岸由细致完成，极致由真实完成，华美由纯朴完成……一片树林可以由一棵树展现出全部风貌，一片草原可以由一株草上呈现出全部生命。所以，世界其实只是一个量的呈现，它不应该独霸时空。如此这般具体到一棵草，就可以触摸到它的细致和真实。一个生命在细致和真实之处总会有许多感人的地方。

有一年牧场起了一场大火，火势很快就蔓延到了那仁，但烧了只有十几米，就奇怪地熄灭了，那场火使其他牧场都遭了灾，牛羊因为没草吃被饿死了很多。人们都惊讶那仁牧场的草为何不着火，便都过来看，出现在他们眼前的情景使他们惊讶不已，火烧到那个地方后，留下一道齐刷刷的痕迹，像是有谁在那里及时砍了一刀，将火制止了。那道痕迹旁边的草并无什么特别之处，却没有被烧伤的痕迹，让人目光虚虚的敬畏。从此关于那仁牧场的传说就多了起来。人们说，这个地方有神看着牛羊，牛羊都是上天降到人间修炼的神呢！所以，上天不会不管它们，而是派另外的神在关照它们呢！在火烧过来的那一刻，神就用大刀将火斩断了。这是一个在中国常见的神话，基本上遵从的仍是神力高于一切事物的规律，突出神力，使故事变得完美。

也有在现实中有意思的事情。一位牧民告诉我，看一只羊有多高，就知道它吃了多少草。我问他怎么个看法。他说，去年嘛，我有二十只羊和红桔草一样高，今年和麻黄一样高，明年就和柴胡一样高了。和柴胡一样高的羊，要吃5年那仁牧场的草；和麻黄一样高的羊，要吃4年；和红桔一样高的羊，要吃3年。我深信他这种算法的正确性。多少个日子，他就这么盯着羊看，看着看着，便看出了门道。后来，去他的霍斯里喝奶茶，见他霍斯里挂有多种草。他告诉我，他发现了草与羊的身高的关系后，便将这些草一一采来，与每一只羊测量，果然很是准确。于是，他便向外公布了自己这一发明，牧民们往外卖羊时，纷纷采用这一方法与商人谈论价钱，不按这个标准给价，死活不卖。

他成了一个规则的创造者。多少年后，牧民们也许仍将沿用他发明的这个方法。一只羊，不用再去称，再去用手掂量，瞅一眼就可以知道它吃了几年的草，有多重，值多少钱。

"你是白哈巴村的功臣！"我赞赏他。他却嘿嘿一笑说："这是一个简单的事情嘛！草嘛，每年都长着哩；羊嘛，往草那么高长着哩。长到啥草的高度就值啥钱，每个人一下子就会算了嘛。我不是功臣，草场是功臣，是草场给了我们一切嘛。"

当晚，他给我们宰了一只羊，吃手抓肉的时候，他问我："羊肉怎么样？"

我说："好吃。"

他感叹一声说："这只羊也长了一身好吃的肉。前年嘛，它红桔一样高，去年它一下子长得柴胡一样高，直接越过了麻黄，一年长了两年的身子嘛！这么好的羊，我舍不得卖出去，我放羊辛苦嘛，吃个好羊也是对我的回报。"

我停住了刚抓在手里的一块羊肉，不知是吃还是不吃。一只好羊，对我来说应该预示着什么，吃下它的肉，我将在感情中怎样消化它？他发现我走神，一笑说："羊是吃草长大的嘛！好草喂好羊，你就当自己是一只羊在吃草就行了。"说完，他诡秘地一笑。我不再多想，抓起羊肉就吃，人生在世，不就像一只到处觅草的羊，而能遇到好草，"一年长两年的身子"，实在万幸，我就当自己是一只遇到了好草的羊，放开吃吧。吃罢羊肉，体内燥热，似有火在烧。

入夜，从他的霍斯里出来，见月光洒了一地，草地上光芒一片，明闪闪地有什么在动。多么像一双双眼睛，正躲在细密的草丛中间看着我。

寂静的河

　　有的牧民很奇怪，到那仁牧场后不与大家同牧，偏偏要一个人找个地方扎下霍斯，独自去放牧。今年，又有了这样一个人。那天，当那个人做出这个决定时，大家都劝他还是与众人一同前往，因为他的羊群很小，再加上他的身体不好，不宜独处。大家这样劝他，实际上是出于对他的怜悯和担忧，大家都觉得他玩不起个性，还不如随大流好，但他却执意要去，死活听不进大家的话，大家只好随他去。他把自己的羊从大羊群中赶出，孤零零地往左一拐，下到了一个河滩里。众人无奈地离去，他选这个河滩有他的道理，河滩两边的草长得很青嫩，估计他的羊一个牧期够吃了，他平时是一个沉默寡言的人，现在把羊分开，可能倒也过得轻松自如。

　　大家都扎下霍斯后，他倒成了大家共同的一个观望点。河滩在低处，他的一举一动便都在大家的视野之中，人人每天早上起来，第一件事就是望一望他，看看他在干什么。其实，大家对他仍然放心不下，因为他的生活能力低下，大家实在想象不出他如何维持一日生计。因此，对他的观望一方面出于好奇，一方面仍出于担忧，但他却似乎生活得挺好，每天一大早将羊赶出去，然后霍斯上就升起了炊烟。大家都知道他在烧奶茶喝，那抹炊烟升得弱，想必他也是随意烧了一壶对付了事。喝毕了茶，他便坐在河边一动不动地望着远处的山或天上的白云，久了，他便像一块石头。他的羊吃青草，有时候走到他眼前望着他一动不动。一人一羊，久久不动，加之有青色草场和蓝天白云的映衬，如画中景物一般。

有一次，有人在上游用炸药放了一炮，炸死不少鱼，有来不及捞的鱼顺水流到了他面前的一个水潭，明晃晃地很是显眼，他从地上一跃而起，脱去裤子冲进水中去捞鱼。众人远远地见他光着屁股在水里扑腾，不知他要做什么，过了一会儿，见他手抓几条鱼喜滋滋地上了岸。下午，便看见他霍斯上空的炊烟升得笔直而持久，众人便知道他在煮鱼，有一顿好吃的了。这件事之后，他知道河里有鱼，便削尖一根树枝去扎。他有极大的耐心，一直坐在河边等，鱼只要一出来，他便一下子扎下那根树枝去，又准又稳，笑呵呵地将鱼从水中提出。从此以后，他每天便有鱼可吃，煮鱼时从霍斯上升起的炊烟变成了人们向往的一道风景。

我听牧民们说他的事，便准备去和他待上一天，我觉得他从本质上而言是一个更彻底的牧人。但还没等我接近他，他却因为一件事搬到别的地方去了。一天早晨，有几只别人的羊走到了他的河滩里，羊不谙世事，不知道他与众人分开就是要独占这一带的草，它们贪恋河滩中的草，低着头只是吃，不知道那个人在远处望着它们，等吃到他跟前了，才被他的一声大喊吓了一跳。它们转身就跑，直到跑远了才敢回过头望一眼他。他用手指了一下它们，骂了一句粗话，但没一会儿，那几只羊又偷偷过来吃河滩里的草，羊也许对吃草只有直接攫取的心理，不会考虑更多。他气愤之极，不再骂粗话，顺手操起那根扎鱼的木棍追上去就打。羊受惊，四散开来，急急逃跑。他不管更多的，只顾盯住其中的一只追赶，那几只羊冲上山坡，又下河滩，但就是不能摆脱他，他已经紧紧咬住它们不放，似乎不抽它们几下不足以解气。他一边追，一边将木棍舞得呼呼作响，丝毫没有要停下的意思。最后，那只羊跑进了一堆乱石中，被石头绊住四蹄跑不动了，只好乖乖等打，他冲上去啪啪几下抽在羊身上，羊打着哆嗦像个罪犯。直到打得解气了，他才提木棍返回。

这一幕被众人看见了。在他刚才追羊的时候，有人向他吆喝，让他停住，但他追得正猛，加之又在火头上，压根没有听进去。下午，他就拆掉霍斯，赶着羊群去了别的地方。人们都习惯每天朝河滩中张望，他走了之后，那里空无一物，但人们却总是改不了向那里张望的习惯，两眼空空地望一阵之后，才知道他确实已经离去好多日子了。

过了几天，牧场上起了大风。一位牧民挂在霍斯外的皮条子被风刮走了。（牧民将皮子割成细条，在阳光下暴晒，晒好后做马鞭子。）他四处寻找，终无下落。后来，他断定那些皮条子被风刮进河里去了，浅水处不可能沉下它们，只有那个独处的人扎过鱼的深水潭有可能使之沉没。他找来一根长树枝，在潭中使劲捞了半天，却没有一根皮条子出来。他想，这个独处的人在这里待得时间长，知道哪个地方水深，哪个地方水浅，兴许他能捞上来呢。于是便带上一公斤奶酪骑马去找他，找到他后请他来捞，那个人仍拿着他那根扎鱼的木棍探入水中细细地捞，捞过几遍后，失望地摇了摇头。

有人劝那位牧民，肯定捞不出来了，那些皮条子有可能被河水冲到喀纳斯湖里去了，也有可能被鱼吃掉了；羊在草地上要吃草，鱼在水里也要吃东西嘛！刚好你的这些东西来了，它们就吃了。那位牧民不甘心，仍要他再捞一次，他不做声，只是摇头。众人觉得没有什么热闹可看，便一一离去。

他走到那位牧民跟前说："皮条子没有捞出来，下午我把你的奶酪还给你。"

那位牧民已被事情弄得有些伤感了，说："唉，你就留下吃吧。皮条子我丢不起，一公斤奶酪我还拿不出吗？"

但他在下午还是把那一公斤奶酪还给了那位牧民，他把奶酪端到他的霍斯里，什么也不说，放下就走了。

后来，我去那个河滩坐了一会儿。要离开时，见他在河边走动，我以为他在寻找什么，我觉得他对这个河滩是有感情的，但他却似乎对河滩视而不见，很快就走了过去。一个在这里生活过的人都没有留下什么，我又能寻找到什么呢？

　　河水无声而又从容地流向了远方，这是一种强大的无声和从容。留下河岸，空空如也。

树

　　一棵树长起来，把头伸向天空，把影子投在大地上。在远处，我们看见的是树高大的身躯，走近树，我们才被它们巨大的影子笼罩。那仁牧场上有两棵大树，相距有十多米，从远处看，两棵树似乎是一棵树，硕大的树冠投下大大的影子，占了很大一块地方。牧民们便把这个地方起名为"两棵树"。有时候羊走到树阴下，便站一会儿，羊也许是在树阴下乘凉，也许是感觉到这两棵树高大，在这里站一会儿是荣耀。后来，牧民们也受了羊的影响，走到那棵树下时，也本能地要站一会儿。

　　多林是这次放牧中年龄最大的牧民，他说，人呀羊呀，都爱到大树下站一站，是也想变成大树呢！要是人和羊在那里站上几十年，就会真的变成大树了。旁边的一个年轻人说了一句调皮话，大叔，我们把你放在这里，你当一冬天的大树，明年开春我们再来接你。多林说，我这个年龄了，该当树在冬天里站时早已站过了，你年轻，要有这个信心，选一个地方，让自己像一棵树一样站一个冬天。年轻人觉出多林话中的含义，便一位牧民说，一次他走过那两棵树，躺在树下歇息了一会儿，他的马鞭子居然从手中脱出飞上了树。人们跑到树下去看，哪里有马鞭子的影子。

不再说话了。

关于这两棵树的传说颇多。有的牧民说，它是在一个冬天里就长这么高的，那一年人们在秋季离去时，它们还只是低低的两棵小树，等过了一个冬天，人们在春季进场，它们就已经长到了这么高。还有一位牧民说，一次他走过那两棵树，躺在树下歇息了一会儿，他的马鞭子居然从手中脱出飞上了树。人们跑到树下去看，哪里有马鞭子的影子。他便又说，马鞭子飞上树以后停留了一会儿，又飞上了天。天空高远无比，谁也看不到马鞭子到底飞到哪里去了。

我没有去考察这些传说，我非常能够理解人们把这两棵树说得如此神奇。人都是这样，对于高大完美的东西往往都习惯于幻想，习惯于按自己的思维去设想出它更完美和神秘的一面。说到底，这便是人的一种向往。人是喜欢向往的，人的生活基本上是依据向往而得以维持的。

这两棵树在现实中也发生过一些颇有意思的事情。有一年，不知从何处呼啦啦飞过来一大群乌鸦，遮去了阳光，使大地顷刻间幽暗了下来。羊最先有了反应，见乌鸦飞过来扭头就跑，急促而密集的蹄声把大地敲击得一阵阵颤抖。鸦群在空中盘旋几圈，落在那两棵大树上，顿时，枝干上便黑乎乎一片，好像在瞬间结出了黑色果实。几个年轻人围过去，捡石头打乌鸦，但任凭他们怎么打，乌鸦都不离去，偶尔有一两只被打中，只是在树旁绕飞几圈便又落下，其他的乌鸦则对他们视而不见，只是稳稳站于枝头。几个年轻人愣怔不已，不得不停住，望着乌鸦们出神。多林把他们叫回，对他们说，不能打乌鸦，它们飞长路飞累了，在歇息呢！我们走路走累了的时候，也要歇息，如果乌鸦在我们歇息的时候也用石头打我们，我们会怎么想呢？年轻人说，它们落在大树上了。那是大树，它们怎么能落呢？多林说，它们要飞很远的路，这两棵大树是他们在中途歇息的标志，没什么不好的。年轻人便不再说什么，一一散去。乌鸦们在树上歇息了一个多小时，便又飞走了。

后来又发生了一件事。到了秋初，别的树上叶子还绿着，这两棵树的叶子却已开始发黄并相继落下。它们的叶子有巴掌那么大，从枝上落下时闪闪发光。几天后，树下便积起厚厚一层。牧民们感叹着说，多好的树叶呀，可惜用不到。不料没过几天，树叶就发挥出了用处。一只母羊分娩，正值深夜，它便独自跑到树下，将树叶拱成一堆钻了进去，小羊羔顺利产下，母子被树叶暖着过了一夜。第二天，牧民们看到了这一幕，说，好树叶，好树叶，一切都多么好啊！

再往后，人们走过两棵大树时，便习惯了，像走过一座山，或者一块小石头，不会再在意它们了。两棵大树，和牧场上所有的事物一样，因为亲切而变得平静，因为平静而显得真实。正是这样一些事物组成了一个牧场，养育着牛羊。从表面上看，它们颇为平静，内在却隐含着无限可能。

它们潜藏在岁月深处。

女人身后的狼

　　闲待着无事可干，大家说起了多年前在牧区发生的一件事。到了夏季，男人们都赶着羊去放牧。羊吃着草，越走越远，而天山是个大牧场，谁的羊也走不到尽头。牧民们让羊吃一座又一座山上的草，一个夏天都不回去。这就是至今哈萨克等民族仍然保持的游牧生活传统。这时候，留在家里的都是女人，女人们忙着里里外外的事情，从来都不能闲下来。有一户牧民孤独地住在牧场对面的一个小山包上，女主人要干点什么事情，总是要走很远的路。男人们都走了，她就成了这个家的男人。

　　不知从什么时候开始，一只狼接近了她。她走在路上，那只狼远远地跟在她身后，踩着她的脚印。多少天过去了，她都没有发现自己的身后有一只狼。而那只狼似乎只对她的脚印感兴趣，用爪子稳稳地一下又一下踩上，在山路上走。如果她在半路上停下干点什么，或者有要回头的意思，那只狼马上就会走开。整整一个夏天，她都不知道自己身后有一只狼。而那只狼每天都悄悄跟在她身后，重复做着那么一件事。她由于总是忙碌，对身后的狼竟然丝毫没有察觉。终于在夏末的一天，这一幕被另一个女人看见了。她马上告诉给了牧区的其他女人。女人们躲在霍斯里看着山路上的那一幕，惊奇不已。不知是出于什么原因，她们都对那个女人守口如瓶，只是私下里议论着。最后，她们一致认为她和那只狼有性关系。不知道她们为什么会下这个结论，但事情却被传开了，一传十，十传百，人们便信以为真。很快，男人们赶着羊群回来了。女人们把那件事情悄悄告诉给了那个女人的丈夫。她的丈夫为了证实事情的真相，躲在别人的霍斯里，等待着妻子在山道上出现。过了一会儿，她出现了，那只狼也出现了，一切都和人们说的一模一样。他愤怒而又羞耻，抓起一支猎枪向着那只狼扣动了扳机。那只狼被打个正着，一头栽倒在地。他的妻子被突然响起的枪声吓坏了，等回过神，看见身后有一只被打死的狼，惊恐不已，突然身子一软，倒了下去。

一吓一惊，她暴命而亡。

人们从此都看紧了自己的女人，防牲畜比防那些喜欢寻花问柳的男人还谨慎。人们只要一提起那女人，就说她不要脸，她就是畜牲。她丈夫没脸见人，赶着羊去了很远的地方，再也没有回来。在牧区，牧民们最痛恨的是狼，但在这件事情上，人们反而没有指责那只狼，只是在指责那女人。

后来，狼踩女人脚印的事情又发生了，看见那一幕的人手头没有猎枪，便喊了一声，狼跑了，被狼跟踪的那个女人从山坡上跑下来，惊恐万状，许久不能平静。同一件事情在村庄附近重复发生，大家就不再奇怪了。人们很后悔，觉得他们不应该议论那女人和狼有性关系，他们冤枉了她。但她已经死了，事情无法再改变。

但狼为什么总是要跟在女人的背后呢？谁也无法解释这一点。

很多年后，那女人的丈夫回来了，他老了。那女人经历过的事，也已经老了，没有人再提及。但他却很怀念妻子，总是在想她年轻的样子，活着时的样子。想着想着，便觉得她还活着，时时刻刻都在他身边，在对他说话，也在对他笑。他后悔在别的地方待了很多年，她一直在这里等着他，他应该早一点回来。一天，他在屋内昏睡，突然听见有人叩门。他独居于此很久了，很少有人来找他，所以叩门声让他觉得奇怪。他起身打开门，只看见有一团影子在门外一闪，便不见了。

第二天，这件事传遍了村庄。人们说，那一定是狼，狼又出现了。他说，是我老婆，她没有死，一直活着哩。

人们惊骇，转身离去。

毡房被风刮走

一天，一位牧民放羊回来时，发现自己的毡房不见了。毡房里的东西散于一地，奶子从倒了的奶桶中流出，在地上白晃晃地刺眼，被子和衣服没剩下一件，几张羊皮沾着尘土，已变了颜色。他的羊也为眼前的情景惊恐，咩咩地叫成一片，他被它们叫得心烦，喝一声，它们便跑开了。有人告诉他，他今天出去后，这里刮了一场大风。

是风把毡房刮走了。他不相信，风怎么能把毡房刮走呢？进入牧场后，他选了四根粗壮的木头做桩子，把毡房的四角牢牢系住。他往下钉那四根木桩子时，感觉就好像在钉四棵树，它们将生根发芽，长大成材。他以为那样扎下的毡房是牢固无比的，但没想到却被风刮走了。他想象不出那一刻风是怎样把一个毡房掀走的。那四个桩子还在，而连接四个木桩的绳子却齐刷刷地全断了，好像被刀子割断了似的。

他曾遇到过大风，那是牧民们谈之色变的黑风，但他都安然无恙。他实在不明白，还有什么样的风比黑风还厉害？他有一点生风的气，有本事你直接对着我来嘛，干吗趁我不在使坏呢？他曾放倒过一头牛，如果那场风刮过时他在，他就会和风斗一斗，风虽然是无形的东西，但只要保住毡房，就等于打败了它。但他却没有碰上风，风因为无形所以显得很厉害，它专挑你不注意时袭击你，说不定它这会儿又躲在什么地方在酝酿袭击你的办法呢。

没有了毡房，他只好赶着羊群提前返回村子，走到半路时，他在一棵松树上看见了自己的衣服，他在心里骂风，狗日的劲真大，把我的衣服刮到了这么远。他爬上树把衣服拿下来，衣服完好无损，但他心里却不是滋味。衣服虽然失而复得，却不是跟风争斗后得来的，他心里仍充满失败的阴影。又往前走了不远，他看见地上到处是毡房的碎片。一顶好好的毡房，被风撕成了这样。他捡起一片，他的羊也许都已经知道了他的心思，低着头默默往前走着。路多崎岖不平，羊不时地把石头踩响，叮叮咚咚，在山野里响起一片撞击声。

当夜，他宿于一个山谷中。山谷里没有风，他和羊挤在一起互相取暖，一夜倒也平安无事。但天亮时分上路时，他发现两只羊丢了，他不知道它们是怎样丢的。想想他不在时，一场风就把毡房刮走了，夜宿山谷虽然无声无息，但两只羊却丢了，他觉得这真是咄咄怪事。他一气之下，不去找它们，赶着其他羊快快回到了村子里。

村子里的一位老人知道了他的遭遇后说，我们放牧的人有时候就是这样，走了很远的路去放牧，一年下来，也不知道一场风是怎么把毡房刮走的，更不知道一夜之间羊又是怎样丢了的。

他想，风刮过来时，谁也看不见它；风刮走时，更是没有谁能够追上它。

风有一双无形的脚。

牛的命运

　　一块草地，因为有了牛羊的到来，就变成了牧场。牧场上的牛不多，但也属于游牧之列。从村子里出来时，牛走在羊群后面，像压阵的将军，行进的队伍因为有了牛压阵，便显得从容和庄重了许多。到了牧场上，牛和羊便分开。牛喜欢吃山坡上的草，而羊喜欢吃细草，细草都长在河滩里，所以羊很少到山坡上去。牛和羊就这样分开了。牛每天不需要收拢，下午吃到哪里便在哪里一卧，到了第二天早上爬起来又去吃草。牧民们对待羊像对待儿女一般，对牛则关心不多，主要因为牛是大动物，放在外面也不会有事。有时候，牛吃着草便慢慢地走到主人的霍斯前，像要表什么心意似的朝主人叫几声。主人被它的叫声感动，伸出手去抚摸它，它用身子蹭蹭主人，甩着尾巴高兴地走了。

　　我到牧场的第二天，一位牧民一大早就来找我，对我说，走，看牛去，有禾木村的牛羊转场正经过这里呢。我问他，他们的牛有什么特别的吗？他笑一笑说，你去了就知道了。我随他到了山口，果然见一大群牛羊正经过山谷。禾木村的牛多，几乎和羊群不相上下。等羊群走过去后，他突然用手一指后面的牛群说，看，那头牛。我顺着他所指的方向一看，好家伙，牛群中有一头牛比别的牛足足高出了一头，长长的角高扬着，似乎要伸上天去。它行走的姿势更是和别的牛不一样，四蹄迈得很稳健，庞大的身躯似有些沉重，却不失重心。它的蹄子一步一步稳稳地踩下，似乎把大地踩得颤抖。

"它是牛王。"那位牧民感叹一声。

我问他，阿尔泰山还有没有像这样大的牛？他嘿嘿一笑说，有，但还在它妈妈的肚子里。后来，他告诉我，这头牛留下了很多传奇的故事。有一次，它在外面十几天未回，天突然下雪了，主人正要去找它，却见它飞奔着跑了回来，进了牧场，它并不到牛群中去，而是直接跑到主人跟前。主人见它跑得气喘吁吁，再往它背上一看，有一双绿绿的眼睛——啊，狼！它背上驮着一只狼。狼惊恐地从牛背上跳下，试图逃出牧场，但牧场上人多，很快就把它围住打死了。原来，这头牛在返回牧场的途中遇到了一群狼，其中一只跳上它的背试图咬它的脖子，它撒开四蹄就跑，狼在它快速的奔跑中既不敢跳下，也咬不着它的脖子，只好紧紧趴在它背上，它就把狼一直驮到了牧区。

牧民们觉得它真是厉害，把一只狼驮到了丧命之地。狼在牧区有时候是很厉害的，如果围住了一群羊就呜呜大叫，羊群一听到狼叫就惊慌失措，四散而逃，这样便正中狼的下怀，它们一一瞅准羊一扑而上将羊咬死。牧民们也曾想了不少办法，但都不能消灭狼，唯独这头牛聪明，在一只狼跳到自己背上时驮起它就跑，狼其实也是怕死的东西，不敢往下跳，只好在牛背上趴着，最后在牧场上被牧民打死了。

人们将消灭了一只狼的功劳归功于那头牛，但给牛奖励什么呢？后来人们想了一个办法，把一块布绑到它脖子上去，谁见了便都会知道，它是一头有功的牛，但它却不喜欢那块布，跑到一棵树跟前使劲往下蹭，把布蹭了下去。

人们又去给它挂，它一见就跑，人们再也没有办法接近它。

人们谈论的另一头牛比较普通，在牛群中，毫无特征可辨。如果不是因为有一天它突然奔跑起来追一只狐狸，也许牧民们永远都不会关注它。那天，所有的牛羊都在安安静静地吃草，牧民们坐在霍斯门口懒懒地晒太阳。突然，有人高呼一声，快看，那头牛干啥哩？众人看过去，见对面的山坡上有一头牛在追一只红狐狸，不时有石堆和杂草出现在它蹄下，但它并不躲避，只是飞快地从上面一跃而过，继续向前奔跑。

"是艾尔肯的牛。"

"不是，是格尔林的。"

"更不对，是索林多的。"

牧民们争论不已。那个山坡离他们有几百米远，他们只能看见是一头牛在奔跑，无法断定它到底是谁的牛。直至它跑下山坡后，人们才看清它是格尔林的。

那只狐狸有红色的尾巴，或者说全身都是红的，跑起来红光一闪一闪，像是有一团火在山坡上滚动。那头牛紧紧地盯着它，不管它跑到哪里都死死不放。牛是大物，跑动时四蹄踩出很大的声响，狐狸疑心它始终就在自己身后，只顾逃跑，连回头张望一下都不敢。也许，它根本不知道是一头牛在跟自己过不去。

牧民们看得高兴，一头牛和一只狐狸，这两种老死不相往来的动物，今天居然碰在了一起。牛为什么要追它？也许，它吃了牛刚要去吃的一株嫩草；也许，牛卧在什么地方刚要打个盹，它经过的脚步声惊醒了牛，牛很生气，便要捉住它问罪。狐狸聪明至极，一看情况不妙便跳起身就跑。狐狸以前肯定没有遇到过这样的事情，见身后的那个家伙追个没完，便只有拼命往前跑。

牧民们一边看热闹，一边议论，要是这头牛追上狐狸，一蹄子就可以把它踩死，狐狸皮是好东西，能卖不少钱呢！格尔林这两天不在牧场，如果他回来，就不要告诉他那只狐狸是他的牛踩死的，等狐狸皮卖出去后，大家分钱，凡在场的人都有一份。但眼前却并没有出现人们期望的情景，那只狐狸跑到一片草丛跟前红光一闪，顿时没有了踪影。牛失去了追逐目标，在草丛四周着急地打转，却再也找不到那只狐狸。牧民们觉得那只狐狸可能在草丛中躲了起来，便跑过去围堵，但他们把那片草丛翻了个遍，也不见那只狐狸的影子。他们又怀疑它钻入洞穴了，掀开草皮找了一遍，还是没有。他们觉得，狐狸可能会什么变身术，见自己实在跑不过身后的庞然大物，就摇身遁去。

牧民们怏怏而归，他们一转身，才发现那头牛不在了。不知什么时候，它已经走了。

还有一头牛，因为奔跑，把自己伤了。

去年返回牧场的时候，天下了一场大雪，牧民们把羊群收拢到一起，便又去收拢牛。牛群已经吃到很远的地方去了，收拢起来后，下午才到了汇聚地。那场雪来得早，人们聚在一个山谷中避开了寒风。那群牛从山坡上往下走，夕阳快要落了，雪地上反衬出一片浓浓的夕光，似有暗红色的丝绸铺在地上。有一头牛看见那片夕光时突然站住不动了，它这一停顿让牛群显得有些乱，赶牛的人向它吆喝一声，它突然撒开四蹄跑起来。它先是从牛群中跑出，然后顺着山坡向雪地上的那片夕光跑去。

一位牧民惊呼，不好，要出事了。它的速度越来越快。本来，它处于下坡的路上，是不宜奔跑的，只要一跑起来就很难收住了。果然，由于惯性，它已经有些失去重心了。它或许也意识到了，想收住身子，但已经收不住了，它像一块石头一样倏地飞落在山坡上，继而又向下滚去，滚到坡底，被它带起的尘土久久没有散去，它挣扎着想爬起，但却没有力气。人们围过去，看见它的眼睛睁得很大，口鼻呼呼地喘着粗气。牧民们把它抬到一个平地，让它卧着，希望它能缓过气来。

它的主人不在，只有13岁的儿子守着霍斯，发生了这样的事情，他不知道该怎么办，抱着那头牛就哭。大家劝他，它可能卧一会儿后就好了，但他却不信，说："它像石头一样从山上摔下来了，不会好了。上次有一块石头从山上滚下来，摔到山下都摔碎了。我们家的牛，内脏肯定像石头一样摔碎了。"大家见劝不住，便带话给他父亲，让他赶快回来。

当天晚上又下了一场大雪，那头牛被雪埋住，只露着头在外面，那个13岁的小家伙拿着父亲的羊皮大衣走到它跟前，把它身上的雪扫掉，给它披了上去。雪越下越大，小家伙不停地用手刨着落在它身上的雪。到了后半夜，便哭了起来，我们家的牛要死了，我爸爸回来我怎么办呀，他一定会打我一顿。到天亮，他父亲仍没有来，他已经哭得满脸泪珠子。

那天，他一直守在那头牛跟前，不停地刨着落在它身上的雪，嘴里呜呜地哭，谁劝都不听。到了下午，夕阳又把雪地照亮，那层夕光在雪地上反射开来，又使大地变得像铺了一层丝绸。那头牛突然从地上一跃而起，飞奔向那片夕光，跑进去后，站在那里一动不动。它看见夕光出现，不知道为什么突然有了力量，从地上一下子一跃而起。牧民们都很惊讶，看见它站在夕光中，已和往日没什么两样。

那个小家伙终于不再哭了。

高处的眺望

  快要转场了，我走到牧场东边的山坡顶，坐在一块石头上鸟瞰那仁牧场。这个位置可以看到牧场的全部——牛羊、树、一条河、霍斯、羊圈等，都尽收眼底。在牧场上不会看到它的全部，而现在却全部看到了——这个山坡顶是那仁牧场在高处的一个窗口。

  看着看着，我便觉得那仁牧场像一个人，这些天以来，我站在它的对面，目睹着它从头至尾完完整整地经历了一件事。是的，在牧场上发生的所有事情相对于牧场而言，其实就是一件事。牧场像一个历经了沧桑岁月的老人一样，随心所欲地让一个季节只发生一件事。从头至尾，它都很从容，似乎内心早已知道事情将怎样发生，又将怎样结束。牧民们也同样有这种心态，在整整一个季里都显得不慌不忙。多么好啊，让人觉得在牧场上经历一个季节，便犹如度过了一生。如果你这样走到暮年，然后回头张望，你便会有一种从未有过的满足感。

  我想，对于牧场来说，不论是一个季节，还是一年，或者一生一世，抑或永久，都只能发生一件事情。它在开始的时候就已进入永恒，所以，它从此便再也没有开始或结束。

这种持之以恒并一成不变的东西应该被称为什么呢？

像是神助一般，在牧场的另一个山坡上出现的景象马上使我茅塞顿开——一群提前转场的牛羊列开一个长队，正缓缓从山坡上走过；而我在第一眼看见它们的时候，就想到了一个词：游牧。我觉得在牧场上暗暗游动的气息，以及沉缓持续的节奏，还有所有的事情都被归为一件事的感觉，就是在被游牧这一古老方式带动着，它们其实就是人们在这块土地上赖以生存多年的唯一方式。

牧场像一个人，而在牧场上发生的所有事情，其实只是一件事，多少年了，这件事一直如此持续着，而且历久弥坚。

我看到了游牧精神。

天山：天上的『水塔』

返回时，吐尔洪才说："它是在这棵大树下出生的。所以，它知道自己要死了时，就用最后的力气挣扎了回来。"

——《回家的骆驼》

博格达

1999 年，我到乌鲁木齐定居。很巧，从我家的阳台上望出去，可以看见博格达雪峰，如果天气好，还可以看见它清晰的雪线，以及雪线下粗粝的山岩。于是，眺望博格达的习惯自搬入这座楼后一直保持到了现在。近期要搬家，心中似有些失落，不料一推开新楼客厅的窗户，又看到了博格达，而且视野开阔，看得更清晰。一时不禁心中暗喜，有失而复得的欣悦感。

如果写诗，生活在乌鲁木齐是挺幸福的。每到夏天，从博格达反射下来的光芒在这座城市里游动，很多人的脸庞被镀上一层异域的色彩，有几分梦幻之感。刚烈、明亮、透彻、纯粹——像是博格达传递过来了一种力量，我心怀感激，觉得在低处有这些力量就已足够。

在高处，可以体验极具震撼力的鸟瞰。几年前从喀什乘飞机返回乌鲁木齐，快降落时从窗户向下一瞥，看到的情景令我大吃一惊——从戈壁渐次隆起的博格达像一个人的头颅，而峰顶的冰俨然是这颗头颅上洁白的头冠。

后来，我写下这样的诗句：

新疆已经这么高，但它还要高耸
呼啸的风，是对疯狂的印证
是生命变得完美的面容

而在低处，生活让人平静而沉迷。我想，这同样也是一种力量，一种在激烈过后生出的平静，抑或平静本身所具备的力量。就像那些从博格达脚下的村庄里进城来的哈萨克族人，他们走很远的路，最终的目的是一场酒席，等喝醉了又返回去，城市似乎与他们毫无关系。这些至今仍沿袭着游牧生活的少数民族，心中应该有一座诗意的山，骨骼中有高远和坚硬的力量，因而他们目光坚定，脚步稳健。

人的身上有一座山隐隐约约的影子，人便也是山。我懂得了尊重一座山的平静，并享受在平静中偶然产生的念头：

请尊重在内心偶然产生的念头——

在天空下　一座山其实是一块石头
它隐约中的坚硬　其实是缩小的心灵
请尊重它缩小的心灵
这其实是上升的另一种途径——

一声低语　一块石头在低处放大着天空

一阵眩晕　它又为内心悄悄俯下了身

坐下来　这些偶然的念头变成温柔的双手

一阵风刮过　它在远处再次把你抓紧

黄羊的家庭

我们取道进入天山牧场，准备在这里看鸟兽虫的生存世界。

天山的神秘，于感觉而言，犹如一道忽现忽隐的光。唯一在它倏忽一闪之际接近它的办法就是进入。走进去，一直走到杳无人迹处，才能看到鸟兽对人和这个世界的无畏，作为生灵所呈现出的圣洁和美。

大山有好石，灵兽生峻地。有关天山奇鸟异兽的传说已听了许多，传说只能使人的意念飞翔于另一个神秘世界，而贴近则让人感受到更具体的生命。我们对动物只能是观察，看到和感受到的是生命的情与义。日本的德富芦花曾写过一本书《自然与人生》。他说："从表现上看，大自然似乎充满着灵性，其实，自然本身并非有灵魂，而是人赋予自然以灵魂。潜藏于人内心的自由之魂以自然为媒介，着自由之魂。于是，一个更具意味的自然世界形成了。"莎士比亚的名剧《皆大欢喜》第二幕第一场也有关于大自然的一段精彩台词：

生活在森林之中，

可以远离尘嚣，

倾听树木的话语。

涓涓细流犹如万卷书籍，

路边小石，寓寄着神的教诲，

大千世界处处可以受到启迪。

一个多小时后，我们进入林子。树荫浓密，雪山被遮在了外面。渐往深处，感觉已不在高原，而是在南方。树木带来的这种亲切感，让我隐约感觉到在深处一定有很多可爱的动物。

林子里的凉爽，让我想到，此时的乌鲁木齐仍是酷夏，而博格达一侧却是冰封雪裹。只有这儿，是这个季节避暑又避寒的最佳之地。

出了林子，前面已是怪石林立，不远处的悬崖像动物张开的大嘴。依照此次出发前取得的资料，断定树林与山石相接处为动物活动频繁区。我们选择一块平地，扎下了帐篷。这次驻扎不像以前只匆匆住一夜，而是在原地停留数日。

刚扎下帐篷，李龙突然叫起来："快看，黄羊！"大家顺着他手指的方向望去，只见一团影子在一块石头前一闪，就没有了踪影。"那是黄羊的尾巴！"李龙曾在阿尔金山参加过藏羚羊保护活动，他肯定地说。

刚到这里就遇到了黄羊，大家都很激动。我们都希望找到和动物和平相处的地方，与它们生活几天，彼此间成为朋友，如果有可能，还可以进入对方的生活。

关萍一抬头，又看见了黄羊，感叹道："呀，温暖的家庭。"在不远处的山崖上，站着一只大黄羊和三只小黄羊。大黄羊显然是妈妈，昂立崖顶；三只小黄羊可能是第一次见人，不安地围着妈妈跑前跑后，不时发出惊恐地嘶叫。黄羊妈妈看看我们，又看看四周，警惕着有什么会突然袭击它们。

我们向它们招手，发出友好的呼叫，但它们却无动于衷。我们尽量表现出友好的样子，不做怪动作，不大声喊叫，以便让它们觉得我们并无恶意。

过了一会儿，黄羊妈妈走下崖顶，三只小黄羊排着整齐的队伍，跟在其后。远远地看上去，四只黄羊像是远方的贵宾一样。我赶紧叫大家站好，等待黄羊走近。

然而，一个意想不到的灾难却出现了。跟在黄羊妈妈旁边的第二只小黄羊，一不小心从怪石上摔下，落进了山谷。黄羊妈妈一跃而起，从怪石上飞奔而下，扑到了孩子跟前。小黄羊虽然已经爬起，却颤抖不已，尤其是两只前腿，有点站不稳的样子。

我们赶过去，准备将小黄羊扶起。黄羊妈妈感觉到了我们的靠近，突然掉过头大叫一声。它的叫声中既有惊恐，又有拒绝的意思。我们不由自主地停住了脚步。黄羊妈妈用愤怒的目光看着我们，好像不愿意让我们再迈前一步。大家都站在原地不动了。

气氛变得沉闷起来，天山的凉意开始浸入皮肤。

黄羊妈妈慢慢转过身去，用舌头舔着小黄羊的脸。这是母亲的怜爱之举，如果换成人，就是母亲用双手捧住孩子的脸，为他擦去泪水。在这样的时候，孩子哪怕受了再大的委屈，也会感到母爱的温暖。果然，小黄羊在妈妈的呵护下停止了颤抖。其他几只小黄羊也不停地去舔它的身子，给它以兄弟的温情。

过了一会儿，黄羊妈妈用嘴拱着孩子，从来路上返回。它似乎不放心我们，边走边回头，目光里仍充满愤怒和拒绝。

我们站在原地一动不动，注视着它们远去。对它们来说，这条怪石林立的石路是一个非常可怕的地方，它们刚想穿过它去实现心中的美好愿望，却不料遭遇了灾难。望着它们远去，我甚至有些担心，它们以后还会不会再在这里出现。

它们走到刚才站立过的那块大石头上，黄羊妈妈回过头望了一眼我们，才消失在大石头后面。

团结的蚂蚁

　　我迎着晨光走到这条小溪边，坐在一块石头上，等待太阳升起后，观看水面被照亮的情景。昨天傍晚我在这里看到夕阳照亮了水面，那一刻，好像有金箔悄悄蕴藏在这条小溪中，在夕阳即坠的一刻，才翻了出来。那种金黄的色彩起先是强烈的，把周围的树木都映衬得无比明亮。后来它变得柔和起来，把小溪厚厚地盖住，让人感觉不到溪水在流动。而四周的树林，也静立于一抹金黄的色彩中一动不动。

　　我坐在石头上，一直等到太阳升起。水面有银色光芒在延伸，直到水面全部被镀亮。太阳的移动是缓慢的，于是我看见那些银色光芒在水中移动，遇到被石头溅开的水花，便游离开去，把溪水映射得像水银。后来太阳升起，那些银色光芒便消失了。我想找到银色光芒的踪迹，但我发现，它们在消失时把水全照亮了。

　　这时候，我发现脚下有群蚂蚁。它们也发现了我，不时地抬起脑袋望着我。在它们面前，我无疑是庞然大物，它们不会知道我在想什么。但我转念一想，又觉得事情并不一定是这样。蚂蚁肯定不知道我在想什么，但我也同样不知道它们在想什么。也许，它们见过很多大东西，我在它们眼里算不了什么。它们小脑袋里想的事情，说不定是好事呢。它们也许会觉得我很可笑，像木头似的在这儿傻坐了这么长时间。

我低下头仔细观察它们，发现它们一直在这儿打转，有好几次像是决定要离开了，但走了没多远，又不甘心似的回来了。此刻的它们用小脑袋在想什么，我的这颗大脑袋想不出答案。我告诫自己，不要再胡思乱想，老老实实观察蚂蚁，向它们学习。

过了很长时间，它们仍在原地徘徊。它们似乎觉得这个地方弃之可惜，但是留下来又很为难。

我再注视脚下，不由得大吃一惊。不知什么时候，已有黑压压的一大群蚂蚁集聚至此，肯定有成千上万只。我有些紧张，除了不知道它们要干什么外，我更惊恐于它们团结起来后的庞大与整齐。

它们慢慢移向河边，以一小群蚂蚁为中心，然后抱成一团向河中移动。我仔细观察，发现它们彼此将肢体扭结在一起，形成了一个密不透风的蚂蚁群。那些零乱的蚂蚁一一补上去，形成了一个庞大的集群。至此，我才明白它们为了来到这个地方，费了很大力气。

一只体硕的蚂蚁从众蚁头顶攀过，站在蚁群的中心，挥舞四肢，指挥起了蚁群。在它的指挥下，蚂蚁集体向河中移动。

　　我紧紧盯着它们。我无法看清集群中的任何一只蚂蚁，只看到一个黑色的集体向前移动。

　　水波涌过来，使这个蚁群飘摇不定。最外层的蚂蚁最早有了反应，它们的头在水中沉沉浮浮，努力挣扎。不多一会儿，它们已四肢无力，不再动了。但奇怪的是，它们的肢体仍紧紧抓着蚁团，抵挡住了水波的冲击。

　　那只立于众蚁之上的蚂蚁，一直在挥舞手臂指挥着大家，蚁群的速度始终没有慢下来，一直渡到了对岸。我朝四下里望了望，没有横卧在河上的树木可供蚂蚁穿越，它们只能这样泅渡。到了对岸，蚁团主动散开。那些外围的蚂蚁都已死去，纷纷躺在沙地上。所有的蚂蚁都在原地不动，也许是在致哀，也许是在休息。那些死去的蚂蚁静静地躺在那儿，像是进入了睡眠。

　　过了一会儿，一幅令人叹为观止的景象出现在我眼前：一些蚂蚁背起同伴的尸体，继续向前走去。

摇落白桦树的种子

　　小河不远处，有一片白桦林。白桦亭亭玉立，有人把它们比作美丽的少女。有文章说，白桦树会为栽下它的人长一只"眼睛"，久久凝望着一个人的到来。树也是灵性之物，想必会以它的方式与人类相处。据说，在甘肃静远一带，红军会师时栽下了一些白杨，数年后它们长高，叶子全都是五角形。

　　现在到了天山，我想好好看一看高原白桦。

　　进了林子，却不见哪一棵树上长有"眼睛"。林子渐深，白桦树密密匝匝。我从一棵粗壮的桦树上揭下几块桦皮，发现这些桦皮要比我家乡的更薄，更有韧性，可以在上面写字。我听人说过，东北一些地方男女谈恋爱时，就将心里话写在桦树上，而等几年过去他们成为夫妻时，那些字也随树木生长变大了。我已经过了在桦树上写心里话的年龄，我想把这些桦皮带回去写诗，我要在桦皮上写最好的诗。

　　往林子深处走去，我发现很多桦树的枝头挂有种子。可能今年风小了些，没有把它们吹进土地。我感到可惜，这样的话，就有很多棵白桦失去了诞生的机会。但转念一想，我又笑出了声——我为何不把这些种子摇落，让它们生根发芽呢？说干就干，我抓住树干用力摇了起来，那些种子噼噼啪啪落在地上，像是渴望太久的孩子终于回到了母亲的怀抱，禁不住失声痛哭起来。我摇完一棵就去摇下一棵，就像不愿意让这些孩子的哭声停住。我想它们已经受了很大的委屈，就让它们把委屈全哭出来吧！哭完了，它们还要肩负生根发芽的神圣使命。它们长久地悬挂在枝头，一直等待我的到来。它们也许早已知道我有一天会来，一直悄无声息等待着。这对我来说，是多么好的事情。种子落下的哭声，让我想起梅特林克。据说法国国王接见他时，竟然抑制不住浑身的颤抖。国王知道，自己作为权力和政治的王，远远比不上梅特林克深入人心。梅特林克曾在一篇文章里写到一个女人将犯了大罪的情人藏入地下室，几十年如一日地给他送饭。最后情人被抓，被判死刑，女人要带着三个孩子去刑场，情人不愿意让孩子目睹自己的死状。女人说，当你的头被砍时，我们会放声大哭。四个人的哭声总比一个人的大，我们有这个权利，我们就这样为你送行……我想，当那个男人在断头台被砍下头颅时，女人和三个孩子的哭声一定震天撼地。"四个人的哭声总比一个人的大"，别无他求的女人，或许在拉扯三个孩子长大时就意识到了这些。

　　这样想着，我放慢了摇树的速度。我想，即使这些种子是因为扑入大地的怀抱而忍不住哭出声的，但我还是想让它们缓慢一些，从容一些，不要让这哭声是因为距离和落差造成的。

摇完所有白桦，我才松了一口气。我干了一些有意思的事情，所有落在地上的种子都会感激我，都会在以后长出一只等待我的"眼睛"。当有一天我再一次走进这片林子，千万双"眼睛"会一起向我睁开，我一定会被美的海洋淹没。

我向林子尽头走去，脚下的种子，像是在用小嘴吻着我的脚。我在心里说，亲爱的种子，我会回来的，我的脚步，已经和你们一起在土里扎下了根。

真诚的乌鸦

我又看见了一只乌鸦。

它从雪峰方向飞过来，身体的黑与雪峰的白，形成强烈对比。它渐渐飞近，天气晴朗，雪光从它黑色的身体上反射出光芒，让它变得更黑。

它飞到离我不远的地方落下，歪着脑袋看我。我也看它，但过了一会儿，我们都像没有认出对方似的，把头扭到了一边。我坐在草地上看书，偶尔从字行间抬起头，发现它仍在看我。也许乌鸦有足够的耐心，不弄明白眼前的这个人是不会飞走的。在这孤寂的天山上，作为一只乌鸦，它也许希望遇见鸟类之外的生命，这样它的心灵便会受到安慰。想到这里，我真的想做点什么，但我四顾茫然，草地上什么都没有。我幻想草地上有一块大石头，我可以用力去搬它，当然我肯定是搬不动它的。这样，乌鸦就会知道，看上去高大的人类实际上也有无力的时候。我还幻想草地上有一棵树，我会当着乌鸦的面折断一两根树枝，这样便会让乌鸦知道，人其实是不好的，已养成了霸占其他物种的毛病。也许这只乌鸦已经看好了那一两根树枝，准备在上面筑巢，没想到树枝却毁在了我手里。

我起身往回走，无法给乌鸦一个认识人的机会，我有些懊丧。直到回到帐篷，我仍然两手空空，什么也没有干成，倒头便睡。

下午，肆虐的大风把我吵醒。我走出帐篷，只见天地间一片迷潆，四周都已变得模糊。天山的风很厉害，曾发生过风把羊刮跑的事情。一位哈萨克牧民曾对我讲，天山大风口的风是刀子，杀人不见血！

我招呼大家搬来石头，压住帐篷的四角，把餐具和其他生活用品都搬到了帐篷里。一股大风忽至，我们装垃圾的塑料袋被刮飞，我追上去一把将它抓回。此次出来时，我们给自己制定了规定，谁也不能给天山制造垃圾，并严防污染环境。我刚把塑料袋压在一块石头下，关萍的帐篷的一角就被大风掀起。我抓住角上的绳子，紧紧绑在一块石头上。

风越来越大，尘土被吹起，直扑眼鼻。

忙完了，我突然发现那只乌鸦蹲在一块石头上看着我们。大风乱刮，它的羽毛被掀起，但它却纹丝不动，紧紧地盯着我们。我想仔细观察一下它，但不知情况的李龙却一把将我拉入帐篷。我挣脱李龙冲出帐篷时，发现它已经不见了。

风停之后，我走出帐篷。天山在这场大风中已变了模样，那些刀割般的皱褶、断的树枝和从山上掉下的石块，落在我们帐篷前。

我寻找那只乌鸦，却不见它的一丝踪影。我在原地走来走去，想吸引它发现我，但好一会儿过去了，它还是没有露面。

大家都出来，收拾被大风刮坏刮乱的东西。这场大风出乎我们意料之外，好多东西都被损坏了。大家默默把东西收拾好，抹去上面的尘土。

等干完这些，我一回头，发现那乌鸦又出现在那块石头上，像前两次一样，在看着我们。我有些不知所措。这只乌鸦为什么总是突然出现，饶有兴趣地看着我们？它对我们抗争大风的场景非常感兴趣吗？如果是这样，它是一只多么好的乌鸦。我想起上午曾想干一些坏事，以便让乌鸦清醒认识人类的那些想法，顿觉脸红。一只心灵美好的乌鸦，它所关注的，必然是美的东西。这就像我的一位朋友说过的一句话，只要自己好，什么都好。

刚才一阵忙乱，大家都累了，便坐在地上休息，四周又安静了下来。那只乌鸦从那块石头上飞起，遁入树林。

望着它被阳光照亮的羽毛，我想起一句老话："嘤其鸣矣，求其友声。"我想对这只乌鸦大声说出这句话。

回家的骆驼

　　我们本是去山后的林子里观察蝴蝶的，走到半路却碰到了吐尔洪。吐尔洪的家离我们驻扎的地方不远，每天总是让小女儿端过来几碗酸奶，我们说好过几天去他家，不知为何他却先来找我们。他着急地说："我的骆驼丢了，你们帮我找一下。"

　　我们便改变计划，和吐尔洪一起向山里找去。骆驼已经越来越少，只有在这荒山野岭间，才偶尔可以见到几峰。

　　吐尔洪边走边说："我的这峰骆驼灵得很，每次出去驮水，我把水装满，往它背上一绑，然后拍它一下，它就驮着水回去。到家以后，我老婆把水取下，它又返回驮一趟。"

　　我告诉吐尔洪，这样的事我在博尔塔拉的一匹马身上也见过。动物都是有灵性的，而家禽们则更能懂人的心思。

　　爬上一个山坡，我们发现了骆驼的蹄印，吐尔洪仔细看了好一会儿，断定是他的骆驼踩下的。他着急起来："它跑到这个地方来干什么？"我们顺着蹄印向前找寻，从蹄印上看，吐尔洪的骆驼似乎选择了什么目标，顺着山坡一直寻找了过去。为了节省时间，我们不再辨认蹄印，只是朝着大致方向挺进。

走到一个平坦地带。吐尔洪伤心地叫了起来："我的骆驼呀，你怎么啦，这么难受？"一问才知道，吐尔洪从地上杂乱的蹄印发现，骆驼走到这里时，因为痛苦在原地徘徊过。吐尔洪伤心地哭出了声，骆驼出走再加上这些杂乱的蹄印，让他断定他的骆驼生病了。

我们继续向前找去，那两串蹄印向崖顶延伸而去。可以断定，骆驼走到山崖前没有犹豫，而是鼓足力气攀了上去。大家手攀岩石向上爬去，到了崖顶，发现地上有血。我们无法断定这些血是骆驼被山石割破后流出的，还是因为攀崖挣扎过度，从口中吐出的。吐尔洪用手摸了摸血，大叫一声："血是热的，它肯定没有走远。"他起身向前飞奔而去，我们紧跟其后。

一路上，鲜血不断。看着鲜血，我的心收得很紧。尽管我希望它出现在我们面前，但我又很害怕它是一副遍体伤痕的样子。走到一个陡坡前，只见一地的草都被压倒，草叶上有星星点点的血迹。可以断定，骆驼走到这里时，是滚下山坡的。不知道它是滑倒的，还是它嫌自己的速度太慢，就滚下了山坡。但不管怎么样，它落到坡底时，一定被摔得疼痛无比。

我们快速下到坡底，又向前搜寻三四米，终于在一棵大树下找到了它，但它已死去。吐尔洪把它的头搬过来，果然见它唇角留有血迹。他叹了一口气说："它是病死的。它早就知道自己有病，所以才跑了出来。"

一峰被誉为"沙漠之舟"的高大骆驼，现在就这样倒毙于我们眼前。关萍和米娜接受不了这样的事实，小声抽搐起来。我悄悄问吐尔洪："要不要把它抬回去好好安葬一下？"吐尔洪摇摇头，一边用手擦着泪水一边说："就把它安葬在这棵大树底下吧。"

大家一起动手，很快就安葬了它。在树木密布、野花烂漫的天山里，突然出现了一座坟茔，显得孤独和凄凉。

返回时，吐尔洪才说："它是在这棵大树下出生的。所以，它知道自己要死了时，就用最后的力气挣扎着回到这里。"

痴情的蝴蝶

　　我们和吐尔洪告别，向蝴蝶谷走去。平日里看到蝴蝶，只是为它们的色彩和上下翻飞的身姿而喜悦，不知道在常年积雪的天山深处，蝴蝶又是怎样一番情景。

　　进谷，首先被如此之多的蝴蝶震住。它们成团趴在石头上，花花绿绿的色彩，汇成了褐色山谷里亮丽的风景。远处的雪地上亦有蝴蝶上下翻飞，极具动感色彩。此次出来之前，就听人说，此谷中的蝴蝶是一奇，现在亲眼见了，不由得让人叹服。

　　关萍随一只蝴蝶飞跑而去。自一进谷，那只蝴蝶就一直围着她飞动，等她发现了它，才知道它已经跟了她很长时间。另外几个人东瞧瞧，西看看，这里是蝴蝶的世界，追着色彩纷呈的蝴蝶奔跑，大家都忘乎所以。

　　有三大群蝴蝶吸引了我们的目光。它们紧抱成团，在三块大石头上一动不动。我们走近，它们并不像其他蝴蝶一样惊飞而去。少顷，一阵风刮来，它们的翅膀被吹起，翻起一层彩色的浪花。后来风变得更大，它们已有被吹飞的危险，但它们仍纹丝不动。我从包中拿出相机，却发现早上出来时忘了带胶卷。我十分遗憾，这么美这么多的蝴蝶，却无法拍成照片。后来我又去了一次，蝴蝶已没有了踪影，我把那三块石头拍了下来。

过了一会儿，蝴蝶们开始起飞。它们连成一片，在空中摆出一幅色彩艳丽的彩屏。它们停留时紧紧团结在一起，飞动时仍然不分开。在孤寂荒芜的天山峡谷，这也算一景。而且这幅景象像经常在新疆见到的奇特现象一样，与现实环境总是形成强烈的反差。

等蝴蝶飞走，我低头一看，顿时大吃一惊。这三群蝴蝶在大风中死死守住的三个大石头，是极具形象特征的三块怪石。第一块像一只乌龟，可称之为"神龟"。第二块像一峰骆驼，可称之为"骆驼小憩"。第三块石头硕大粗糙，俨然一只蟾蜍，可称之为"蟾蜍出洞"。这几块石头的神态都因石头的断面而得，呈现着抽象和夸张的风格。让人浮想联翩，回味无穷。

离去时，我想，蝴蝶之所以抱住这三块石头不放，想必它们看出了三块怪石的神态。蝴蝶的心里有美，所以，它们只拥抱美的东西。"心美形自美"，也许它们心里美太多，所以，它们的身体也变得五彩缤纷。

岩羊

　　没有看到天山上的岩羊，大家都有些失望。我想起几年前看一个拍摄岩羊的电视专题片，其中有一个细节颇为感人：一只雪豹盯上岩羊群中的一只小岩羊，选择一个高地俯冲下去，意欲一口咬死那只小岩羊，大吃一顿。但是那只小岩羊很灵敏地一闪，躲开了雪豹的进攻，然后腰一弓向悬崖上攀去。雪豹的攀岩本事不如小岩羊，很快就被甩在山下，它望着小岩羊发出几声怪叫，然后转身离去。

　　岩羊在平地行走时并不显眼，但是一旦攀岩，就会在陡立的悬崖间旋转出一片幻影，然后身轻如燕地向上或向下，看上去极为潇洒自如。岩羊是攀岩高手，别的动物在悬崖峭壁前挪不了一步，而它们却能轻松攀登上去。

　　岩羊又叫崖羊、石羊、青羊等，行走时无固定路径，今天在平坦的草原上吃草，明天却又出现在山坡上；或者早上在山谷中，中午便站立在山冈上望着远处，犹如一座雕塑。有一句谚语说：再高的地方，鹰也能靠双翅到达；再远的地方，人也能靠心灵到达。此谚语用在岩羊身上再合适不过，它们靠着灵巧的四蹄和矫健的身躯，便没有攀爬不到的地方。

它们也无固定的栖息场所，但它们凭借善于攀爬的本事，可以轻而易举地找到舒适的地方过夜。譬如被太阳暴晒一天的岩坡阳面，避风的山谷，密闭的树丛，幽深的岩洞等，都是它们在黑夜的栖身之地。它们会在下午早早地上路，去寻找可供自己休憩的地方。它们在不同的地方吃草，在不同的地方栖息，大地上随处都是家园。

有一年在北塔山的一处悬崖上见到一群岩羊，它们犹如一条缠绕的丝带，在山岩上轻缓律动。我知道它们虽然看上去显得缓慢，但那是在陡峭的岩石上攀爬，很有可能走完上一步，就不知下一步该往哪里迈动。有时候岩石绝立，但它们总是有办法，譬如向后退一步，或另选一个方向，便可重新找出一条攀爬之路，然后四蹄一叩岩石，或纵身一跃，或紧贴岩石向上。当地的牧民天天看岩羊，看着看着便看出了名堂，他们为岩羊总结出了像谚语一样的两句话：没有被困在山冈上的岩羊，也没有岩羊翻不过去的山冈。在新疆，要么看到真实的场景，要么听到动人的故事，其真实程度远远超出人的想象。譬如那天，那群岩羊爬到半山腰后却不见了，像是那里有一条密道供它们钻了出去，不用再受攀爬之苦。但是在第二天早上，却发现它们又出现在了半山腰，一边向上攀爬，一边啃吃悬崖上的青草。一位牧民对我说，看出名堂了吗？岩羊每天爬到那里去睡觉，到了第二天早上则开始吃草。听过那位牧民的讲述，我以为这群岩羊以山腰的洞穴为固定的栖息地，会天天去那里度过黑夜。不料两天后它们却再也没有出现，那位牧民又笑着说，这几天你天天往那儿望，还指手画脚，岩羊发现后就悄悄走了。它们去了哪里，我和那位牧民都不得而知，想必还是因为它们不在固定一处栖身的习性，让它们去了另一个山冈。

不论何时，岩羊都扬着一对犄角，极为威风。细看，那犄角像弯刀，如果碰上去会被刺得很惨。有架势，便一定有本事，它们像是只需把犄角扬起便可获得力量，爬高山如履平地，过平地疾如飓风。

曾有人见一只岩羊紧贴崖壁，每往上挪动一步，便舔喝岩缝中渗出的水。那人不解，悬崖下有小溪，它偏偏要那样干，真是奇怪。后来才得知从岩缝中渗出的水，要比河中的水好喝得多，岩羊费再大的力气也要攀爬上去喝上几口。

大雪纷飞的寒冬，它们则攀上高山舔食冰雪。高山上冰封雪裹，它们慢慢舔吸冰块，让那一股清凉润湿的冰水浸入喉咙。它们舔冰时一动不动，在冰雪的掩映下变得像小黑点。舔足了冰水，它们会攀至山冈，扬头望着远处。有鹰在天空中飞过，岩羊鸣叫几声，目送鹰消失在云层之中。

但悬崖峭壁绝非是岩羊的天堂，有时也会发生危险，譬如兀鹫的袭击。就在它们刚攀上山冈时，已观察许久的兀鹫便俯冲下来，把粗大的爪子伸向它们。如果岩羊不备，便会被兀鹫临空抓起，兀鹫飞至高处爪子一松，便将岩羊扔下摔死。但岩羊的视觉、听觉和嗅觉相当敏锐，稍有动静便在乱石间跳跃，并迅速攀上更高的山崖，让兀鹫空欢喜一场。

有长处便必然有短处，所有的动物都概莫能外。岩羊知道自己有致命的弱点，所以它们逃上山冈后，总是回头张望，要弄清楚是什么惊扰了它们。这一不好的习惯，便被猎人利用，他们专等它们回头时射击，它们应枪声掉下山冈，口吐鲜血后不再动一下。

岩羊喜欢群居，常集体活动，最多时可结成数百只的大群。群体中的成员互相依赖，如有成员不幸死亡，其他成员会将其尸体围住，不让兀鹫叼走。它们是无法把死去的同类弄走的，最后只能被狼吃掉。即使这样，它们也不让兀鹫得逞，它们恨兀鹫，已恨到了骨子里。

到了酷热的夏季，雄岩羊便离群索居，爬上最高的顶峰纳凉，到秋季发情时才会下山，寻找喜欢的雌岩羊。交配结束后，雄岩羊会主动离开。雌岩羊产下的幼羔，落地即可走动，三月后即可自行觅食，半岁后便长出犄角。

其实岩羊大多时候生活在平地上，以蒿草、苔草、针茅、杜鹃、绣线菊和金露梅的枝叶为食。它们没有固定的觅食时间，肚子饿了便找几口吃的，吃饱了便休息。它们躺卧的地方，必然会有枯草和岩石，因为它们身体的颜色，与枯草和岩石极为相似，有利于隐藏。

但是危险仍然经常降临，常常让岩羊坠入死亡深渊。一位猎人发现一只岩羊后，心生捕杀冲动，迅速举枪瞄准。那只岩羊的犄角很美，扬起头时像是高傲地刺向了天空，待停止不动，便又犹如屹立的雕塑。猎人无暇欣赏它的美，一枪便让岩羊应声滚落山底。

猎人在灌木丛中找到岩羊，它挣扎起来怒视着猎人，令猎人一时骇然。猎人再次开枪，岩羊身上涌出一团浓血，却仍然一动不动，像不屈的勇士。猎人无力再举枪，手抖动不已。少顷，岩羊轰然倒下，猎人看见它最后的眼神里，仍透着愤怒。是夜，那猎人做了一个梦，梦见那只岩羊仍在愤怒地瞪着他，他惊醒后一身冷汗，爬起来坐到了天亮。此后，他再也没有猎捕过岩羊。

另一只岩羊，死后的姿势意味深长——它挣扎到悬崖下，再也没有了力气，一头栽倒在那儿。一位猎人发现它时，看见它的两只前蹄仍是向前的姿势，似乎在咽气的最后一刻，仍想攀上悬崖。

那猎人被感动，在悬崖下埋葬了它。

狼走了

我希望在天山上碰到狼，但这么多天过去了，一直没有见到狼。我找到吐尔洪打听狼的消息，他发出一声长叹："狼走了。"经过细问，才知道曾被牧民们称为草原幽灵的狼，正在一日一日远离天山和羊群，牧民们的视野和话题已变得越来越单调。

吐尔洪说他在最近的两年里，只见过一只狼。而十年前，县上每年都要组织牧民打一次狼。每人至少要打死十只狼。如果再回到过去的岁月里，游牧民心中有两种人是英雄：一种是征战中的勇士，一种是捕狼高手。尽管那时候的人们把狼当成公害，但狼却赶上了自己的盛世，狼与人就这么相处着。尽管在草原，狼一直是狡猾、残忍和恐惧的代名词，但假如没有狼，牧民那矫健的身姿将通过什么来体现？而现在，这一天已经越来越近了。

说起狼，吐尔洪流露出一股眷恋之情，狼是哺乳动物，状似狗，面长耳直，毛呈黄色或灰褐色，尾下垂。狼昼伏夜出，性残贪婪，吃兔、鹿等野物，也伤害人。

贾平凹出版了小说《怀念狼》，这会儿，我也真正地怀念起了狼。我在想，现在的这种情况，是不是因为狼放弃了与人的关系造成的？

一个下雨天，无法外出，我们便去吐尔洪家，喝着奶茶，伴着窗外的风雨声，听他讲狼的故事。

吐尔洪说，狼用哈萨克语讲是"哈斯赫尔"，是"天的一部分"的意思。

狼一般选择在牧羊人睡觉时袭击羊群。狼翻入羊圈，把羊赶出来，然后咬死，吞食部分或拖走一些。这与电视节目《动物世界》不同的是，食肉动物袭击野生动物，通常以个体为目标，很少有成群被咬死的。但狼不同，狼袭击羊，经常是成群的大部分羊被咬死。在狼看来，羊太容易捕捉了。牧民中间传说，狼只喝羊血，不吃羊肉。二十年前，阿勒泰地区牧业统计报表中，专门设有"狼害"一栏，这说明了狼对畜牧业危害的严重程度。狼消失速度之快，从这点也可得到部分印证。在富蕴县（新疆牧业大县）1991 年印制的县情画册中，对人畜有危害的有熊，但已经没有狼。

以前，牧羊人对付狼的主要方法是用火，还有棍棒、弓箭、陷阱、毒饵、夹子等器具，这对个别的狼有效，但不会对狼的种群产生灭绝性的影响，但自从有了枪，狼第一次遇上了克星。狼命运的转折点是在中国乡村的公社化后，各公社都成立了专业打狼队，社员每打死一只狼，可以得到一只羊的奖励；如果打死的是一只怀孕的狼，则奖励一只母羊和一只羊羔。这种制度延续了很久，直到狼日渐稀少。此后，政府加强对枪支弹药的控制，打狼的责任落在了干部身上。再后来，狼实在太少了，成为了国家二级保护动物。

说起打狼，吐尔洪的故事很多。1979 年冬天的一个夜晚，他睡在地窝子里，夜里两三点，他被羊圈里的声音惊醒，他起来一看，狼进了羊圈。他反身拿了根棍子冲进去与狼搏斗，羊圈太挤了，狼跑不掉，他几棍子下去，狼就不行了。可垂死的狼扑上来咬了他的手臂，他用另一只手紧紧卡住狼的脖子，直至狼咽了气。在这场搏斗中，一只羊被狼咬死。1984 年秋，吐尔洪和乡牧业干事一起去看草场。车行到一个小山包，往下一看，一匹牛犊般大小的公狼正在山洼里全神贯注地捕猎。车上带着枪，吐尔洪他们开着车边追边打，追了十几公里，狼受伤了，也跑不动了，车停了下来。狼忽然转身，冲向吉普车，扑到车前，用前爪去抓打车前轮的挡板，司机启动了吉普车，轮子从狼的身上压了过去。吐尔洪最后一次打狼是在 1992 年 2 月的一天。早晨开车到戈壁上，走不多远，看到五只狼。先打死一只，又继续追狼群里最大的公狼，这只狼身上中了五枪，但仍在奔跑。后来，一枪打中了眉心，公狼才倒了下去。这只公狼的后背有一簇竖毛，牧民叫狼鬃。长这种毛的狼，一般是狼群里的统治者——狼王，狼鬃可给狼王平添几分威严。

说到狼的本质，吐尔洪说，狼还是很可爱的。狼是穴居动物，但一般来说居无定所。狼只有在繁殖后代时，才利用天然洞穴，或者选择隐蔽的地方自挖洞穴。对牧羊人来说，如果看到狼窝，特别是有狼崽子，一般不去动它。因为牧民普遍认为，如果狼窝在家的附近，你发现了而不去动它，狼也不会袭击牧民和他的羊群，反而会到较远的地方捕猎。如果拿了狼崽子回家，那麻烦就大了，母狼会不停地与你纠缠，即使你搬家，母狼也会如影相随地跟上。

我问吐尔洪："如果现在你面前出现一只狼，你会不会打它？"

吐尔洪说："不会。我不但不会打它，而且要想办法喂它。"问及原因，才知道吐尔洪希望狼在牧区出现的深刻道理。他觉得狼对强化其他野生动物的种群很有益，群体中的弱小者将首当其冲被吃掉，能够生存下来的毫无疑问是强者。同时，牧民们近几年感到天山上野驴、黄羊的数量明显地多了起来，自己的羊群可食的草越来越少。如果狼多起来，就可以把这些野生动物吃掉一些，草场就可以更好地被利用。

狼走了。这是一件多么让人伤心的事。

过去自由自在游荡在草原上的幽灵正在无声无息地远离，走向夕阳的那端，谁可以挽留住它孤独的脚步！

雨在抽打大树

　　我们准备离开天山，没想到早晨一场大雨从天而降，把我们留了下来。

　　雨越下越大，像高处的一条河流倾泻了下来。我坐在帐篷里，透过敞开的门，看距离我最近的几棵大树。看着看着，突然觉得奇怪——雨丝像是一双手臂，从天空中落下，狠狠抽打在大树上。这几棵树像是被抽疼了似的，发出了巨烈声响。

　　雨在抽打着大树吗？我说不清。

　　这几棵大树长得很粗壮，向四周延伸开来的枝叶，像训练有素的队伍，整齐地布于空中。雨水一落下，它们便发出声响。尽管它们始终没有动一下，但我感到它们在战栗，这种疼痛因为是意外的雨带来的，所以像失恋的人的疼痛，更像受伤的心的颤抖。

　　如果说，雨在此时是无意落向大地的，那为什么只是把几棵大树抽打出声响呢？而且这种抽打显然带着一股恶意，狠狠地抽下，似乎对大地生长出如此大的树有些妒忌。

也许，是生存的一种历练。对于树来说，必须要接受大雨的抽打，才能长高长大。而且这场大雨来之不易，也许已经等待了好几个月，甚至好几年。如果真是这样，被这场大雨留下的我就太幸运了。听着雨声，我写下一首《虚无中的巢》：

一棵树被冬天的大雪伐倒
一片虚光在它站立过的位置闪烁
仿佛是它最后的挣扎　或者它未死的心跳

现在山坡已经绿了　倒下的一棵树啊
从遥远的地方有沙沙的声音又寻你而来
你是否长出了虚无的树干
是否在美好的记忆中垂直着上升

一群回家的鸟儿
在你站过的地方寻找着什么
找吧　这一刻的纪念也许就是一种崇高

鸟儿落下　一个虚无中的巢张开了怀抱

也许，这场雨必须下得这么大，必须狠狠地抽打大树，让它们疼痛得发出声响。除了这场大雨，大风也能把它们抽打出声响。

我想，这一切都是神秘的，是世界蕴藏已久的风暴，是它狂暴的本性，是一种永存的秘密……

如此看来，世界不仅仅是人类的。

中午，雨停了，一场狠狠地抽打也结束了。我们背起东西下山，而大雨抽打大树的声响还在我心里响动。多么美好，因为是亲身经历，我把这种抽打看成是大雨的一种弹奏！

冰中的火焰

　　我没想到，目睹了几只羊的神异后，还有更为让人感动的壮举在等着我。

　　已经攀越一天了，博格达越来越清晰，时不时地有一束光亮照射过来，让眼前一亮。这种情景往往对爬山的人而言是召唤，脚下的步子在光亮闪过来的一瞬，不由得迈得更加快了。

　　木那提牵着马走在最前面，他的速度几乎与马持平。洁白的雪山，粗粝的石块，扬头挺进的马匹，构成了一幅独具意味的画。而走在最前面的木那提，慢慢地就似乎变成了一匹马，与大山紧紧地贴在了一起。

　　翻过山坡，就开始往下走了。山坡下是冰湖，冰湖的对面就是三个岔达坂。一个湖和一个达坂，构成了宁静的对峙。我慢慢往下走着，心里在想，不知在天山深处有多少这样的对峙。也许，正是这种极致的对峙，才构成了博大而又沉寂的博格达。

　　下到坡底，就到了冰湖边上。在湖对岸，长着一大片松树。说来也怪，这些松树居然都长在背阴的一面，而且越是背阴，便越是长得茂密。有几棵松树大概在还是种子时，就被风吹到了山脊上，长出之后被太阳照着，又矮又黄，一副委屈的样子。也许，这里是雪的世界，一切都被阴气养着，所以，所能呈现的世界仍然半隐半现。

我一抬头，发现博格达已经被三个岔达坂遮住。也许是因为站在谷底的原因，这会儿我只能看见三个岔达坂。在它的后面，就是高远的蓝天。三个岔达坂在地图上标示为海拔3200米，从顶峰向东西南三个方向延伸出三个脉峰，笔直、刚健，直插天山深处。

大家在湖边休息。三个岔达坂是现在唯一能看到的一座山。博格达顶峰是绝境，至今无人能够攀越。所以，这样翻过一个又一个达坂，其实就已经完成了真正的穿越。山有大小，而境界却是一样的。

我用小榔头去敲湖面的冰，准备从湖中取水。湖面的冰结得很厚，一榔头敲下去，冰面只裂开一点。我加大力气，一下接一下地敲着，一些冰末溅起，在我眼前飞舞着，像是有一场雪落下。

突然，我眼前倏地闪过一个小黑影。我一看，是一只兔子从我眼前掠过，正往远处跑。我来了兴趣，挥舞榔头大叫一声："兔子！"它听到我的叫声后停止奔跑，扭过头看着我。兔子的眼睛很小，我看不清它看我时的神情，只看见它的两只前爪已经提起，像是准备还要跑。我又大叫一声"兔子"。我原以为它会被吓跑，那样的话，我就可以目睹它奔跑在山坡上的情景。不料，它不但没有要奔跑的意思，反而将两只前爪放在了地上。我再次大叫一声"兔子"。它扬起头，饶有兴趣地看着我，没有丝毫的惊恐。我不知所措地看着它，它也在不知所措地看着我。过了一会儿，它转身走了。

　　我准备继续敲冰，一扭头，看见冰缝里又有一只兔子。我走近一看，才发现它早已被冻死，它的四爪和腹部已被冻住。从它凝固的姿势看，它是被夹在冰缝中冻死的。它为什么会被冰夹住呢？也许，它在焦渴至极的奔跑中突然看见这条冰缝，便迫不及待地将头伸进去畅饮了一番，等到喝足了水，才发现自己被夹在了冰缝里。它想跳出，却发现因四爪悬空，无法用力。它悲痛地嘶鸣，不知叫了多长时间，最后，它的嘶鸣声越来越小，终于没有了声息。也许还有一种可能，就是湖面的冰在阳光里泛起明亮的光芒，四周的景物被光芒照射得很美。它路过这里，为湖面的景色所迷醉，便一跃而入，欢快地在冰面上玩闹起来。正玩得高兴，一不小心掉入冰缝，被死死地卡住。与前一个设想的结果一样，它被冻死了。

　　我蹲下身仔细观察，一个更让我意想不到的情景出现了。卡住这只兔子的冰已被什么凿开，从前往后，像是要全部把冰弄掉，把它提出来。从冰的痕迹看，这项工作已经进行了很长时间。细碎的挖掘痕迹，既显示出一种艰难，又显示出一种坚强。

　　我想起刚才的那只兔子，突然觉得这些就是它干的。也许，这只被冻死的兔子是它的兄弟，或是它的妻子。当它发现自己的亲人被冻死在冰缝中，就开始了这项艰难的工作。它还没有把冰全部挖掉，天空又下起一场雪，一夜间冰缝中的冰又复归原样，它的努力白费了。但它将一直坚持下去，直到实现目的。

为了证实我的猜测，我提上水悄悄返回。做饭时，我一直在悄悄观察。两个多小时后，那只兔子果然返回，轻轻涉过冰面钻入了冰缝。

不一会儿，便有冰末甩出，像雪似的落在冰面上。

沉默或坚忍的羊

一大早，木那提就叫醒了我们。

他牵着一匹马站在帐篷门口，说："附近的马都给租光了。我跟你们走。"

关萍和米娜一声欢呼。

我抬头望了望博格达，太阳已经把它照亮。太阳从高处往下照着，四周显得明亮和洁净。那些竖起的凉刺，更是变得亮丽。一丝喜悦漫上心头，看来，今天是一个吉祥的日子。

大家兴致高涨，吃过早饭便背上背包上路了。

我走到山坡前，突然犹豫了。这一脚迈上去，我就要把自己当成山的一部分。有了这样的想法，就没有什么顾虑了，一脚迈出去，就上山了，心里也踏实了。

山坡上没有植被，只有一些稀疏的野草匍匐着，稍不注意就忽视了它们。而正是这些野草，成了山里的羊过冬的食物。

向上爬了一个多小时，山坡上已找不到一根野草，空气也变得凉爽。回头一看吃了一惊，仅仅走了一个多小时，身后的山坡就竖立了起来。看来，人不经意间的行走是能够创造奇迹的。

高原的感觉就这样显现出来了。

木那提在前面开路，不时扶一下别人。我们都已经累了，唯独他依然很兴奋，这里是生他养他的地方，是他生命和精神的家园。

而博格达峰仍高高在上，它的顶峰像一把刀，直插天穹。那是它的极致，谁也无法到达，只能用目光眺望，用心灵感受。

博格达属天山山脉。这几天，我一直在观察它，它除了显得高贵外，还有一种突兀的气势。天山从南而北，到了这里却突然耸立起冰清玉洁的一座雪峰。天山的延伸是沉缓的，但到了这里，却像伸手接住了天穹降落的一颗星星，顷刻间把自己照亮了。博格达是明亮的，即使在白天，也有一种散发着光亮的感觉。我们五个人在博格达的亮光里，一直向上攀越，前面的雪在视野之内，按现在的速度，估计黄昏前能赶到。

转过一个弯，我们看到了几只羊。它们看见我们，有三只突然横在前面，护住了卧着的另一只。我们走到它们跟前，那三只横着的羊只是低着头，用沉默的目光看着地面。那只卧着的羊受了伤，眼睛里有痛苦。它的周围有几摊血，一些苍蝇在盘旋起落。

我注意到了护着它的三只羊眼里的神情，估计它们见我们出现，怕伤了同伴，便围护起了它。但大家不同意我的观点。他们认为几只羊没有这样的智力，不能做出如此义勇的行为，我的猜想太拟人化，把几只羊想得过于聪明。但我还是坚持自己的观点，因为我已经被那三只羊感动。我们围着它们打转，受伤的羊显得惊恐，但那三只羊一直那样看着地面，一动不动，似乎在与我们对峙。

正在争论，从前面的转弯处蹒跚过来一位维吾尔族老人。待走到近处，才发现他一脸仓皇。他和几只羊几乎同时发出了喊叫："我的羊——""咩——"

老汉扑上去抱住受伤的羊，要用双手把它托起，查看它受伤的地方。但这只羊很肥壮，他不管多么用力也未能将它托起。木那提蹲下身，双膝合拢，将羊的后腿放在腿上，帮老汉将羊托了起来。

羊的腹部在流血，伤口上还嵌着半截锋利的石片。老汉的双手颤抖着，将石片取出，一股浓浓的血又流了出来。木那提从地上捡起一个土块，在掌心揉成土末，撒在羊的伤口上，立即止住了血。

老汉说，这只羊受伤已经有三个小时，可能是从山坡上不慎滚下来的。它和另外三只羊至少已经在这里站了三个小时。它们在等他，如果他不来，它们会一直等下去。

这时候我才发现，那三只羊已经默默散开，归入羊群中去了。我想从羊群中找到它们，但感到所有羊都很相似。

我说出关于羊会保护受伤者的猜测，老人激动地说："就是的，就是的。羊都是这样，一旦同伴受伤，它们都会舍身相救，绝不会丢下不管。"

　　但是，我不知道羊是通过什么渠道交流感情、传递内心，进而达成默契的。在生灵中间是不是存在着更具体的方式，被它们用来彼此示爱，赖以生存呢？

　　老人扛着那只羊，赶着羊群下山了。

　　天已黄昏，我们决定就在四只羊停留过的地方扎下帐篷宿营。

　　博格达仍在高处，周围有什么东西在一点一点上升。

我看见它扬着头，雪花落在它脸上，它兴奋地叫了几声。

一匹马用声音完成了奔跑

天黑下来时，我爬出帐篷，四周寂静无声，只有稀疏的雪落着。

我想起在乌鲁木齐时，曾有一位哈萨克族老人告诉我，下大雪的夜晚寂静无声。但依雪势看，今夜天山将无大雪。这是遗憾的事，如果能遇上一场大雪，那该多好。

回到帐篷躺下，倦意很快袭上身来，想着明天还要向更高的山攀登，就在心里对自己说，早点睡吧。几分钟后，我进入恍惚之中。这时，帐篷外突然一声马嘶，嘶声里有惊异和亢奋。我想挣扎着爬起来去看看，但困倦已使我犹如在向一个甜蜜的深渊沉入，我打了一个哈欠后沉沉睡去。

不知过了多长时间，我被马的嘶鸣声吵醒，是木那提的马在叫。吃完晚饭睡觉时，木那提将马拴在了我的帐篷旁。我怕它在晚上冻着，将一块塑料布披在它身上，不料它用劲一抖，便把塑料布甩了下来，我欲再给它披上，木那提拦住了我。我看见它扬着头，雪花落在它脸上，它亢奋地叫了几声。木那提了解这匹马，拒绝塑料布和嘶叫，都只是惯常习性，所以，便没怎么在乎。但这会儿已是深夜，它应该安静下来了，却为什么发出如此异常的嘶叫？我的睡意被它搅得全无，只好默默地躺着。

过了一会儿，它又叫了起来。

就是这天晚上我写这篇文章时，耳边似乎依然在响着它的嘶叫。当时的那个夜晚，我听着它嘶鸣，如同在听一首交响乐。我想起中国最好的交响乐作者谭盾，他的乐曲一响，就让人有了进入史诗的感觉。已经好多年了，一直迷恋谭盾的音乐，就连已经不用的磁带和光碟，也一直保存了下来。

就在我想着谭盾的时候，那匹马在帐篷外已经进入了极度亢奋的状态。我虽然躺着没动，但我能感觉到它在咆哮。好像有什么正缓缓降临，它按捺不住内心的狂喜，扬头嘶鸣了起来。也许正在降临的事物太美，让它的狂喜一浪高过一浪，嘶鸣便长久持续着，没有减弱半分。

是什么降临在它面前呢？我百思不得其解。

它亢奋的嘶鸣持续了一个多小时后停止了。它停住的一刻极富旋律美——在一个高音的终音符上突然停止，四周像是一下子被置入了寂静的世界。我屏住呼吸，凝神倾听，这突然出现的寂静，使我有些愣怔。我担心它又会突然嘶鸣，而且一下子就进入高亢。这样的事情太奇异，按心理习惯，我有些不适应。

但之后过了很长时间，它都没有再发出声音。

我有一种迫切的期待，希望它能再次凌空长嘶。那是一种极具动感的嘶鸣，就好像一座大山突然呈现，让人看到了最美的一面。

但那样的嘶鸣再也没有响起。

凌晨四点多时，它又叫了起来。但这次的叫声却不是我希望听到的那种，它的嗓音很低，叫得很缓慢，像是已经将身子伏在雪地上，在慢慢爬行。它一定爬得很慢，以至于把山坡上每一个地方的雪都看得清清楚楚，而每一个地方的雪似乎都能引起它的兴趣，使它禁不住发出赞吟的声音。

过了一会儿，它停止低缓的嘶鸣，似乎隐入了沉默或思考之中。几分钟后，它又开始叫了——由缓而快，由粗而细——好像它已经爬到了一个悬崖跟前，因为不能再向前爬行，便站起身眺望远方。望着望着，忍不住对辽远的天际发出了嘶鸣。

我觉得这样感受一匹马，非常幸福。

它时而由快而缓、由细而粗，时而由缓而快、由粗而细，一直叫到了天亮。我静静地躺着，感到它一次次冲到悬崖边，想飞跃而去，又一次次不得不无望地返回，但它内心已焦灼不已。它甚至不能安静下来，只是任由内心的激情一次次推动着身躯，它已经不是一匹马，而是一团燃烧的火焰。

我钻出帐篷时，顿时为眼前情景惊骇不已。昨夜一场大雪，在地上积得很厚。木那提的马站在雪中，依然很兴奋，不时发出几声嘶鸣。

一场大雪落在黑夜，我们浑然不知，而站在雪中的一匹马，一直为这场大雪兴奋，用声音完成了奔跑。

在餐桌上说起雪鸡

　　深冬，乌鲁木齐下起了一场大雪。朋友们聚会，一位气质高雅的女士说起了雪鸡。她在天山深处办了一个雪鸡养殖场，因为赔钱不得不撤下山来。她一下山就直奔我们而来，一见面就说雪鸡。她的脸色不好，但不是那种懊丧，而是一种复杂，女人的复杂永远都是真实的。所以，大家都静静地听，也说着山上的事。

　　她说，雪鸡一般都生存在海拔两千米以上的地方，而且必须是终年积雪才行，这就注定了雪鸡的性格是非常坚强的。雪鸡是靠吃雪莲生存的，而高原上的雪莲是有限的，所以，雪鸡自小就懂得节食。长大以后，它们由节食养成了快速奔跑的习惯。它们往往靠饥饿和绝望点燃自己，在高原上快速奔跑。也因为雪莲稀少，雪鸡们便养成了维护圣物的习性，久而久之，它们便成了圣鸡，在生命和行为中不出现一丝一毫的龌龊和贪婪。一只雪鸡绝对不会在大庭广众之下死去。它一旦发现自己难逃厄运，便拼命奔跑，最后坠崖而亡。有时候雪鸡会被人抓住，但等你把它举起时，却发现它早已死了——它因为不能忍受这样的命运，被气死了。所以，人们在市场上买到的雪鸡都有一个烂肺，那是被气炸的。雪鸡的爱情也是很动人的，一个死了，另一个必定挖雪将它埋葬。接下来，它就会一直在附近活动，从不走远。一次，我们见一大群雪鸡在行进中碰见一只孤独的雪鸡，它们便停下，朝着一个雪堆嘶鸣。那只孤独的雪鸡在众雪鸡的嘶鸣声中低着头，十分难过。我由此知道那里葬着另一只雪鸡。让我惊异的是，雪地上本来布满动物们杂乱的爪印，但那个雪堆却干干净净，从来都没有动物们踩上去过。

说到这里，她伤心地告诉大家，因为养殖失败，男友已早于她败下阵来，并离她而去。

她又说到雪鸡的性格。能见到雪鸡的人毕竟是少数，雪鸡因为怕受到人的伤害，所以往往选择高山雪峰作为家园。人们都知道吃雪鸡可祛寒，尤其对关节有好处，但谁都不知道雪鸡一生遭受的是多么严酷的寒冷，一位牧民曾告诉她，一次他见几只幼小的雪鸡可怜，就把自己的羊皮袄放在它们的窝前，想着它们抵御不了寒冷时，就会钻进去。没想到第二天早上一看，它们把羊皮袄掀到一边，早走了。她想，雪鸡所面临的，将是一生的寒冷，所以，它们必须时时拒绝温暖，去走向更寒冷的地方；在它们的生命里，除了向寒冷挑战，已经再没有了别的什么。

当然，雪鸡也有它生命中的欢乐与真挚。说到这里，她的脸上露出了微笑。一次，她去给养殖圈里的雪鸡喂食，发现两只母雪鸡把饲料中可吃的东西都推让给幼子，自己饿着。这是一般的母性都会轻易流露出的爱。然而更奇怪的事情在后来发生了。一次两只雪鸡过河，一只弱小一点的在跳过石头时，不慎落入水中。她以为它会从水中游到对岸去，反正它不怕冷。但她没有想到，它又返回原来的地方，再次起跳，要跳到那个石头上去。努力了四次，它都失败了，但它却丝毫没有畏惧，一次次返回去，再接着跳。在第五次它成功了，上岸后，它发出兴奋的欢叫，地上的雪被它的爪子掠起，在头顶飞扬。她觉得雪鸡对追求生命的那份执着，实际上就是欢乐本身。

说到她的雪鸡养殖场赔本，她的脸色变得复杂起来。其实，在这之前她已经意识到雪鸡最终有一天会战胜她，这种战斗不是形式上的，而是因二者生命的不同早已注定的。雪鸡是圣物，它们的习性和意志是注定要战胜人的。是在一场大雪下起后，天山顷刻间就变了样，她望着天山大雾和飘飞的雪，就有了一种预感。那场雪下了一天一夜，第二天早上起来，一走出门，她被眼前的情景惊呆了。所有的雪鸡都已冲出养殖场，在雪地上向远处行走。说到这里，她长叹一口气说，直到现在，我也说不出当时心里是什么感觉。当时只是呆呆地望着雪鸡们走远，最后消失于雪野之中。直到再也看不见一只雪鸡了，她才想起，雪鸡们一直在等待这场大雪，它们喜欢在雪地上行走。过了两天，她默默地收拾好东西，下了天山。

说完这些，她不再说话。大家也都一一陷入了沉默。坐了会儿，大家便散去。那桌丰盛的饭菜，几乎未动。

三次奖赏 | 代后记

我到新疆后，吸引我为之沉迷的，是三件事。

一九九八年夏天，我在阿勒泰边防采访。一只狼的故事打动了我。那只狼是一群狼中的一员，但不是头狼。一天，狼群突然包围了在外巡逻的战士们。因为离边界线太近，战士们不能开枪，只好用刺刀与狼搏斗。指导员瞄准一只灰狼，一刀下去刺个正着。他欲再刺时，看见刚才叫得最凶的那只母狼扑过来，趴在了灰狼身上。他一刺刀下去，灰狼不动；第二刺刀下去，灰狼仍然不动。第三刺刀在半空中犹豫着停住了，他猛然发现，被母狼护在身下的是一只公狼。

狼也有爱情。

指导员提着枪退后。狼群已散，嗥叫着向山谷窜去。

同在阿勒泰的北湾，我遭遇了"蚊虫王国"的厉害。那次去时是八月，白天被许多事情缠身，顾不上和蚊子较劲，到了晚上就无法招架了。我把其他蚊子都拍死后，唯有一只像是愤怒似的与我较量。我上蹿下跳，把拍子拍得山响，它却总是能够巧妙躲过。有一次，我以为已将它拍死，刚凑近要细看，它却突然飞起，在屋里盘旋飞舞。我怒不可遏，不将小小蚊子灭掉，我誓不为人。折腾了大半夜，我与蚊子之间仍打了个平手。我泄气了，扔掉拍子蒙头便睡。奇怪的是，它居然没有再来烦我，一夜无事。

第二天早上起来，我在屋内寻找它的身影。我触目惊心地发现，它将被我拍死的同伙集于一堆，像守灵一般在一旁静静趴着。

淖毛湖在北塔山南端，夏天奇热无比，人睡一晚，早上起来床单上有一个洇湿的人影子。

燥热让人情绪波动，但一匹马给人们带来的情绪波动更甚于酷夏。那匹马在村庄里拉水近十年，通了自来水后便失业了。有很长时间，它盯着自来水龙头愣愣地看。起初，人们对它并不在意，后来它神情恍惚，到了再好的草场也不吃草。人们意识到了什么，便将它关到离水龙头很远的地方。一天早晨，人们发现它走了，四处寻找都没有它的踪影。

一年多后，它突然回来了。它绕着村庄走了一圈，眼里含着泪水。它变成了一匹野马，浑身的毛长得很长，灰尘布满其间，身上有多处流着血。人们以为它不再走了，给它吃东西，将那些杂乱的毛剪去。它望着人们，有一种复杂的神情。

当夜，落了一场大雪，那个水龙头被冻住，人们点起一堆火，水龙头被烤热，水慢慢地流了出来。那匹马远远看着，突然痛心疾首地发出一声嘶鸣，冲出村庄，向荒野深处跑去。

七年过去了，它再也没有回来。

三个故事，如上。

它们可遇不可求，是新疆对我的奖赏。

王　族

2021.11.20 夜